Der Gastwirt

Zum Autor

Dieter Reinecker ist ehemaliger Gymnasiallehrer für Philosophie und Sport. Im dritten Fach studierte er Slawistik. Über sein Pflichtstudium hinaus beschäftige er sich mit der Alternativ-Pädagogik und Kommunikationspsychologie.
Nachdem er einige Jahre als Lehrer im Rahmen von Zeitverträgen tätig war, ist er in die freie Wirtschaft gegangen. Parallel gründete er die Nachhilfeschule: Die kleine Schule. Viele Jahre war er als Trainer von Leistungsmannschaften tätig und arbeitete als Sportlehrer und Trainer-Ausbilder im Deutschen Sportbund. Als sich der Staat aus der Sportförderung zurückzog, verdiente er seinen Lebensunterhalt als Redakteur, Akquisiteur, Verleger, Versicherungskaufmann und Lektor. Nach Jahren der Selbständigkeit wurde er schwer nierenkrank und dialysepflichtig. Im Krankenbett begann er zu schreiben. Sein erstes Buch verfasste er autobiografisch über seine Krankheit. Weitere Bücher folgten. Er ist verheiratet, lebt und arbeitet in Westfalen. Sein besonderes Interesse gilt der klassischen, russischen Literatur, die er einem breiteren Publikum näher bringen möchte. Für ihn ist die Sprache ein wesentlicher Weg zur Völkerverständigung und zum Frieden.

Dieter Reinecker

Der Gastwirt

Frei nach der Novelle „Der Postmeister" von Alexander Puschkin

Bibliografische Information der Deutschen Nationalbibliothek:
Die Deutsche Nationalbibliothek verzeichnet diese
Publikation in der Deutschen Nationalbibliografie; de-
taillierte bibliografische Daten sind im Internet über
http://dnb.dnb.de abrufbar.

Herstellung und Verlag: BoD – Books on Demand,
Norderstedt

ISBN: 978-3-7557-4899-1

Der Gastwirt

Wer kennt ihn nicht, den Ausspruch bestimmter Mitbürger, die es selbst zu nichts gebracht haben und nur versuchen, von ihrem eigenen Unvermögen abzulenken: „Wer nichts wird, wird Wirt und ist ihm auch dieses nicht gelungen, macht er in Versicherungen!" Und da ich an dieser Stelle zugeben muss, dass auch ich in „Versicherungen mache", kann man eher verstehen, dass ich mich einem Wirt, also Gastwirt, eher zugeneigt fühle als so manchem anderen Menschen, der nur aufgrund seines prall gefüllten Geldbeutels sich als etwas Besseres fühlt. Aber wer sich bewusst macht, welchem Arbeitspensum ein Gastwirt unterworfen ist, wird nachsichtiger in seiner Bewertung sein. Ein Gastwirt plaudert nicht nur freundlich mit seinen Gästen, er rackert sich Tag und Nacht ab, um es allen Gästen recht zu machen. Sollte er zudem noch einige Zimmer in der Vermietung haben, hat seine Arbeitswoche sieben Tage und keinen Feiertag. Aber - und das mag erstaunen - ist seine Freundlichkeit den Gästen gegenüber nicht gespielt oder gar gekünstelt, sondern ehrlich. Er ist mit sich und seiner Welt im Einklang. Mein Wohlwollen einem Gastwirt gegenüber besteht nicht von ungefähr, denn auch ich als damaliger Vermittler von Lebensversicherungen bin mit meinen Kunden immer freundlich umgegangen. Sie sicherten ihre Familien ab und ich half ihnen dabei. Viele empfahlen mich weiter und so war es nicht verwunderlich, dass ich lange Wege auf mich nehmen musste, um meine Kunden zu besuchen. Die Zeit für solche Fahrten nutzte ich, um mich auf die darauf folgenden Gespräche vorzubereiten. Darum ließ ich lieber mein Auto in der Garage stehen und nahm den Zug. Diesem Umstand verdankte ich die Notwendigkeit, so manche Nacht in einer Pension oder einem preiswerten Hotel zu verbringen und den einen oder anderen Gastwirt kennen zu lernen. So manches Mal landete ich in der gleichen Pension. Meist lag sie in der Nähe eines Bahnhofs und machte äußerlich nicht den besten Eindruck. Aber alle Gastwirte, die ich erlebt habe, waren freundlich und hilfsbereit. Die Allgemeinheit hatte nach meinem Empfinden eine völlig falsche Vorstellung von Gastwirten. Es waren friedliche Menschen, verträglich, weder ehrhungrig und wenig geldgierig. Sie waren nicht die Besitzer von Hotels wie beim Monopoly. In diesem Spiel gewinnt der Monopolist, der mit Würfelglück Kapital sprich Immobilen anhäuft und alle anderen Mitspieler in den Ruin treibt. Solche Nebengedanken entstehen auf langen Reisen im Zug beim Blick durch die Fenster in eine Ferne, die unaufhörlich ihr Erscheinen wechselt. Natürlich hat man als reisender Handelsvertreter viel zu erzählen. Aber das erscheint mir nur als eine Seite der Medaille. Wenn nicht gerade eine „Quasselstrippe" im Abteil sitzt, ist man sehr lange mit sich allein - von morgens bis abends oder umgekehrt. Es sind die Gedanken, die ohne Zwang und Zutun im eigenen Kopfe kreisen. Sie drehen sich so lange im Kreis, bis einem schwindelig wird oder man sich der Wiederholungen bewusst wird. Und was geschieht mit den neuen Eindrücken, den neuen Erfahrungen? Das Neue wird unmerklich wie von einem Magneten mit in den Kreis hinein gesogen und drängt immer weiter ins dunkle Nichts, in ein Nichts des Unbewussten, wobei die Monotonie, die Geräusche eines fahrenden Zuges, diesen Vorgang noch zu beschleunigen scheint.

Regen schlug gegen die Fenster. Dunkle Wolken zogen auf. Der Blick nach draußen verkürzte sich auf die Fensterscheibe und auf die querlaufenden Wasserspuren. Übrig blieben nur noch die Gedanken. Und ich hatte viele Gedanken. Immer wieder hatte es Gelegenheiten gegeben, mit anderen Mitreisenden zu plaudern, aber mehr nicht.

Die Gespräche mit Gastwirten erlaubten mir tiefere Einblicke in menschliche Lebensumstände und Erfahrungen. Es ist also nicht schwer zu erraten, dass ich unter den Gastwirten Freunde hatte. Natürlich durfte ich auch Gastwirte erleben, die mit überschwänglicher Freude sogenannte betuchte Kunden, die das teuerste Zimmer nahmen und Delikatessen bestellten, in unterwürfiger Haltung bedienten, während ich auf meine Curry-Wurst mit Kartoffelsalat fast übergangen wurde oder zumindest sehr lange warten musste. Hier herrschte wie fast überall die Regel: Erweise dem Geld die Ehre. Ich stellte mir aber vor, die Regel würde heißen: Erweise dem Verstand die Ehre. Nun, das Resultat würde wohl oder übel viel Streit nach sich ziehen.

Ich lernte nicht nur am Leben, sondern auch, indem ich über das Erlebte nachdachte. Und wenn ich an die vielen Gastwirte und Pensionen dachte, die ich in meinem mühsamen Leben als Vertreter kennengelernt hatte, drängte sich ohne mein bewusstes Zutun immer nur dieser eine Wirt in meine Erinnerung. Eigentlich hatte ich damals mit dem Zug weiter als nur bis zu diesem kleinen, unscheinbaren und bis dahin mir völlig unbekannten Ort fahren wollen.

Aber das Schicksal, an das ich nicht glaubte, schien es anders entschieden zu haben, denn der Zug endete hier und der nächste Zug zu meinem eigentlichen Ziel war schon abgefahren. Ich stand nun allein auf dem grauen Bahnhof. Es zog und ich begann zu frieren. Es war Mai, aber immer noch kalt und zum ganzen Debakel schüttete es wie aus Kübeln. Der Regen war aber nicht nur kalt, er fiel auch nicht wie üblich von oben, sondern peitschte von vorne in mein Gesicht und versuchte mit hinterhältiger Gewalt, mich von allen Seiten zu durchnässen. Ich atmete einmal tief durch, packte mit der Linken meinen schwarzen Koffer, mit der Rechten die braune Ledertasche, in der sich die Anträge und Prospekte befanden, und rannte, so schnell mein Gepäck es mir erlaubte, zum Ausgang und dann eine schmierige abgewetzte Steintreppe hinauf. Die Wände links und rechts bestanden aus ehemals weißen Badezimmerfliesen, so sahen sie jedenfalls aus, mit nicht verstehbaren Schmierereien oder Graffiti-Versuchen. Die Reklame an der Decke am Ende des Tunnels hätte ich beinahe übersehen, wenn sie nicht geflackert hätte. Während ich dachte, dass die Leuchtstoffröhre bald ihren Geist aufgeben würde, las ich unterbewusst: Zur kupfernen Kanne - Restaurant und Fremdenzimmer - 50 Meter rechts. Ich erreichte eine schwach beleuchtete Straße. Der Himmel, eine einzige große graue Wolke, wirkte bedrohlich. Auf dem schmalen Parkplatz stand ein Taxi mit laufendem Motor neben zwei gelben Telefonzellen. Ich ignorierte den Wagen und rannte durch den Regen rechts die Straße entlang. Die Leuchtreklame am Haus war noch dunkel. Der Gasthof sah geschlossen aus. Trotzdem ergriff ich die bronzefarbene, glatte und abgewetzte, schwere Türklinke und drückte sie widererwarten auf. Dabei rann mir eisiger Regen in den Nacken. Ich muss mich umziehen, war mein spontaner Gedanke. Und ein heißer Tee würde mir guttun. Ich stellte mein Handgepäck ab und sah, wie ein älterer Mann, mit einer speckigen Lederschürze bekleidet, aufstand und mir langsam entgegenkam. Er hatte hinten an einem Tisch in der dunklen Ecke des Gastraumes alleine gesessen. Die Tür schloss sich langsam, konnte aber nicht verhindern, wie leises Glockengeläut noch so gerade in den Raum drang. „Entweder regnet es oder die Glocken läuten. Wenn beides zusammen kommt, ist es Sonntag", grummelte der Gastwirt. „Das sagt man hier so. Aber Sie haben Glück, es ist kein Sonntag. Die Glocken rufen nur zur Abendandacht." Ich habe bis heute nicht verstanden, was er damit eigentlich meinte. Ich fragte nur: „Haben Sie noch ein Zimmer frei. Ich würde mich gerne umziehen?" Der Wirt drehte sich zur Seite. „Dunja, kommst du bitte. Da braucht jemand ein Zimmer!" Seine Stimme klang bestimmend, aber auch freundlich, nicht fordernd, sondern eher wie selbstverständlich. Ein warmes Licht ließ eine Treppe hinter der Theke zum Vorschein kommen und eine junge Frau schwebte geräuschlos und langsam die Stufen herab. Die junge Frau war noch viel jünger als sie im ersten Moment wirkte. Sie war höchstens vierzehn Jahre alt - ein Kind -

und wunderschön. War es das zarte Licht über der hölzernen Treppe oder hatten ihre schwarzen Haare von Natur aus diesen unbeschreiblichen kastanienroten oder bronzenen Schimmer? Ich wollte irgendetwas sagen, aber meine Stimme versagte. Jedes Wort wäre falsch gewesen. Jedes Wort hätte alles andere Nicht-Gesagte schändlich missachtet. Ich spürte, dass sich das Mädchen seiner Wirkung bewusst war. Trotzdem sah ich keine Eitelkeit, keinen Hochmut oder Arroganz - Schönheit in einer Natürlichkeit, an der griechische Bildhauer verzweifeln mussten. Ich war einmal im Louvre, in Paris. Ich hatte Mona-Lisa gesehen und nun kam ein Wesen auf mich zu, das alles übertraf, nicht nur, was ich bisher gesehen hatte, sondern was ich nicht mal in einem Traum hätte erfinden können. Diese junge Schönheit schritt auf mich zu und da hörte ich die Stimme des Gastwirtes: „Dunja, zeig dem Herrn das Zimmer mit der Dusche." Sie antwortete leise, unerschrocken und liebevoll: „Gerne, Vater". Ich hob meinen Koffer und die Tasche und folgte ihr. „Das ist Dunja. Meine Tochter. meine Welt", rief er noch hinter uns her. Ich drehte mich zu ihm um und er sprach weiter: „Und so klug ist sie, so flink, ganz wie die verstorbene Mutter." Sie schien, die Ansichten ihres Vaters nicht zum ersten Mal gehört zu haben. Er sagte es anscheinend immer, wenn neue Gäste angekommen waren. Im Zimmer stand sie direkt vor mir und ich starrte in ihre bernsteinfarbigen Augen. Solche Augen hatte ich noch nie gesehen. „Mein Vater braucht mich in der Küche." Ich glaubte, ein leichtes Schmunzeln in ihrem perfekten Gesicht gesehen zu haben. Ich stand da. Die Tür fiel unhörbar ins Schloss. Sie war weg, aber in meinem Kopf stand sie noch vor mir. Traum, Einbildung, Wirklichkeit - ich war selten so verwirrt. Meine ungewohnte Verzückung verflog spontan, als ich sah, wie Regenwasser von meinem Mantel auf die Holzdielen tropfte. Zum Wechseln hatte ich nur einen dunkelblauen Anzug mit, den ich immer bei meinen Kundenbesuchen trug. Während ich duschte und das heiße Wasser genoss, trocknete mein Mantel an der Heizung. Der Wirt hatte offensichtlich mitgedacht. An Sommer war noch nicht zu denken und das Haus war kalt. Er hatte wohl extra für mich die Heizung aufgedreht. Ich sollte mich bei ihm bedanken, war mein spontaner Gedanke. Ich ging vorsichtig und langsam die steile Holztreppe in die Gaststube hinunter und schritt zu dem Tisch in der Ecke. Es war der einzige Tisch, über dem eine kleine runde Lampe gemütlich warmes Licht verbreitete. Ich setzte mich an diesen Tisch in der Ecke und schaute mich in dem Gastraum um. Der Wirt kam aus der Küche, die sich hinter dem Ausschank befand und stellte einen Teller mit Suppe vor mir auf den Tisch. Sie dampfte noch. „Die Hühnersuppe wird Ihnen guttun. Unser Tagesmenü ist heute Rheinischer Sauerbraten mit Rosinen und Rotkohl. Ist Ihnen das recht?" „Ja gerne", antwortete ich, denn damit hatte ich nicht gerechnet. Ich hatte mich schon innerlich auf Bockwürstchen mit Kartoffelsalat, der meist aus einem großen Plastikeimer geschöpft wird, eingestellt. „Das Bier kommt sofort", schob er wie selbstverständlich hinterher. Ich hatte es zwar nicht bestellt, aber auch keine Argumente dagegen. Die Hühnersuppe wärmte mich nun auch von innen. An der Wand vor mir hingen zwei Ölbilder und rechts an der Wand zwei weitere, alle mit goldenem Rahmen. Sie erinnerten mich an Ikonen. Aber es waren keinen Madonnenbilder. Nachdem ich alle vier im Ganzen erfasst hatte, erkannte ich, dass es sich um die Geschichte des verlorenen Sohnes aus dem Neuen Testament handeln musste. Auf dem ersten Bild verabschiedete sich ein betuchter älterer Herr von einem Jüngling, der ungehalten wirkte. Der ältere, höchstwahrscheinlich der Vater, übergab dem Sohn einen rundlichen Lederbeutel mit Goldmünzen, von denen einige herausragten. Das Gold schimmerte auffällig und ihr Wert wurde vom goldenen Rahmen zusätzlich unterstützt. Insgesamt schimmerten alle Bilder goldbraun, wie man es eben bei Ikonen aus dem alten Russland kannte. Das zweite Bild zeigte diesen Jüngling, wie er mit allerlei Frauen zu scherzen schien. Dazu hatten sich - so meine Interpretation - wohl falsche Freunde zu den unsittlichen Damen gesellt. Der Sinn dieses Bildes war nicht zu übersehen: Er verprasste sein Vermögen, das er vom Vater erhalten hatte.

Die Hühnersuppe tat ihre Wirkung und ich fühlte mich innerlich gewärmt und insgesamt sehr wohl. Ich war der einzige Gast in der Stube und studierte nun die beiden anderen Bilder an der rechten Wand. Das dritte Bild zeigte denselben Jüngling in abgerissenen Kleidern, wie er in einem Hof Schweine fütterte. Sein Gesicht drückte tiefe Trauer aus. Er vermittelte ein Gefühl von Reue. Meine eigenen Gedanken verirrten sich ungezügelt in meine eigene Vergangenheit. Ich hatte damals wütend mein Elternhaus verlassen, aber ohne Geld. Und ich bereute meinen damaligen theatralischen „Abgang" nicht. Ich war fleißig und bezahlte mein Studium selbst. Ich studierte das, was ich wollte und nicht Medizin oder Jura, wie mein Vater es gerne gesehen hätte. Ich wollte Lehrer werden und nichts anderes. Dass ich es trotz guter Examen nicht wurde, lag an der Politik. Es wurden damals Anfang der achtziger Jahre so gut wie keine Lehrer mehr eingestellt. Bevorzugt wurden nur die Kollegen mit den Fächern Religion und Mathematik. Um überhaupt leben zu können, wurde ich Versicherungskaufmann. Bis heute hatte ich keinen Kontakt mehr zu meinen Eltern.

Mein innerer Film riss abrupt ab. Der Wirt hatte mir gegenüber Platz genommen. Er schwieg und wollte mich nicht bei meiner Betrachtung der Bilder stören. Ich blickte auf das dritte Bild, das rechts an der Wand hin. Ich fühlte, wie der Wirt mich beobachte. Das dritte Bild, also das erste auf der rechten Wand beschrieb die Rückkehr des Sohnes. Der Vater in immer noch derselben Kleidung, einem wertvoll grün glänzenden Umhang, läuft dem Sohn entgegen. Dieser aber lag bereits auf den Knien, als er den Vater von weitem erblickt haben musste. Das letzte Bild: Der verlorene Sohn war zurück. Er umarmte seinen Vater. Im Hintergrund stand sein älterer Bruder und wunderte sich, dass der Koch ein Kalb schlachtete. Er schien das Gesinde zu fragen, warum so plötzlich Freude im Hause herrschte.

„Die Bilder sind beeindruckend", begann ich das Gespräch. „Der verlorene Sohn – aus dem Lukas-Evangelium." Ich nickte. „Man vermutet derartige Gemälde nicht in einem Gasthof. Das meine ich überhaupt nicht abwertend", fuhr ich fort. Ich hatte schon die Befürchtung, etwas Falsches gesagt zu haben. „Diese Bilder hat meine Frau aus Russland mitgebracht. Wenn ich diese wundervollen Ikonen betrachte, denke ich immer an sie." Er wollte weiterreden, aber seine Stimme versagte. Er beugte sich vor und sah auf den Boden. Dunja kam hinzu, stellte mir den Teller mit dem Sauerbraten, Rotkohl und ein Schälchen Apfelmus auf den Tisch. „Vorsicht, der Teller ist heiß. Lassen Sie es sich schmecken", sprach die junge Schönheit, beugte sich leicht zu mir herüber, sodass ihre schwarz-glänzenden Haarwellen über ihre Schultern fielen, während ihre freundlichen Augen mein Gesicht durchfluteten. Dann setzte sie sich neben ihren Vater. „Sonst spricht er nie über diese Bilder", sagte sie in einem liebevoll bestimmenden Ton. Der Gastwirt sah ihr direkt in die Augen. Sie verstanden sich auch ohne Worte. „Dunja ist mein Ein-und-Alles. Und - das meine ich ehrlich. Ich glaube, ohne sie, gäb es bald diesen Gasthof nicht mehr. Sie ist einfach unersetzlich." „Du übertreibst, Papa." Sie erhob sich: „Die Küche wartet."

So, wie sie schritt, musste sie wissen, dass man ihr nachschaute. „Manchmal kommen Gäste nur, um sie zu sehen", flüsterte er mir zu, indem er sich leicht zu mir herüber lehnte. Sein langärmeliges Hemd, das er zwei- bis dreimal hochgekrempelt hatte, besaß die gleiche grüne Färbung wie das Tuch vom Vater auf den Bildern. „Sie war sieben, als ihre Mutter tödlich verunglückte." Er stockte und überlegte. Ich legte das Besteck zur Seite, um ihm zu zeigen, dass ich ihm zuhören wollte und er weiter erzählen sollte. Er ging zum Schanktisch, zapfte sich ein Pils und setzte sich wieder zu mir. „Sie hat diese Bilder aus Russland mitgebracht." Er hatte sich wieder gefasst. „Sie war eine außergewöhnliche Balletttänzerin, aus Moskau, so etwas wie eine Primaballerina. Nach dem Mauerfall gastierte das Moskauer Tanz-Ensemble in der Landeshauptstadt. Auf dem Rückweg hatte ihr Bus eine Panne und die ganze Gruppe wurde in den umliegenden Hotels unter-gebracht. Sie kam damals mit ihrer Freundin zu uns. Sie sprach perfekt deutsch. Nachdem, was die Deutschen damals in Russland alles verbro-chen hatten, hat es mich schon gewundert, dass so viele Russen deutsch sprechen, Deutsch sogar die erste Fremdsprache in der Schule ist. Prost!" Er hob sein Glas über den Tisch hoch zur mir. Wir stießen miteinander an. Er trank das Bier bis zur Hälfte des schlanken Glases und der weiße Schaum blieb wie Rasierschaum an seinem Ober-lippenbart kleben. Ich griff wieder zu Messer und Gabel. Der Sauerbraten war phantastisch. „Wenn Sie Ihr eigener Koch sind, kann ich Ihnen nur ein Kompliment machen. Der Sauerbraten ist köst-lich, das Fleisch außergewöhnlich weich und zart." Während er aufstand und wieder zur The-ke ging, zwei weitere Pils anzapfte, schaute ich mich im Gasthof um. Ich war der einzige Gast. Der Regen hatte aufgehört. Stille zog in den leeren Raum. Unter der Treppe stand ein Klavier, die Tasten bedeckt. Das Bier musste abstehen. Der Wirt stützte sich mit beiden Händen auf die kupferne Theke und begann seine Erzählung:

„Ich habe richtig Koch gelernt. Den Gasthof habe ich von meinem Vater übernommen. Er war gelernter Maurer und hatte mit seinen Freunden nach dem Krieg dieses Haus gebaut. Oben, wo jetzt die Fremdenzimmer sind, war mal eine große Wohnung. Die Gaststätte hatte er vermietet. Davon wollte er leben. Das war sein Traum, denn arbeiten wollte er nicht. Eigentlich war er ein Künstler. Er spielte Klavier und malte. Aber als die Miete nicht zum Leben reichte, hat er die Gaststätte übernommen und unter dem Dach die ersten Fremdenzimmer eingebaut. Seine Frau, also meine Mutter hatte die Küche unter sich. Aber er spielte lieber Klavier, als sich um die Gäste zu kümmern. Er sah gut aus und er war charmant. Heute weiß ich, dass er ein Filou war. Die Frauen umschwärmten ihn, bis meine Mutter ihn mit dem Zimmermädchen erwischte. Eines Tages war sie verschwunden. Ich hatte meine Lehre in Köln abgeschlossen und die Küche hier übernommen. Später erfuhr ich, dass meine Mutter nach Holland gezogen sein soll. Sie soll auch wohl wieder geheiratet haben. Aber mehr weiß ich nicht."

Er hatte zwischenzeitlich die Pils-Gläser nachgezapft und brachte sie an unseren Tisch, setzte sich und redete weiter:

„Aber vielleicht tue ich meinem Vater auch Unrecht. Wenn Gäste im Hause waren, spielte er spaßige Weisen, sozusagen Schlager, die alle mitsingen konnten. Aber wenn er alleine war, spät in der Nacht, nachdem alle gegangen waren, saß er am Klavier, nur für sich. Ich lag schon lange im Bett, aber ich konnte seinem Klavierspiel lauschen. Es waren melancholische, ja fast traurige Lieder, klassische Musik, wie ich sie später auch im Radio, meist in der Nachtmusik im WDR Zwei gehört habe. Dann musste ich immer an ihn denken."

Der Wirt sackte ein wenig in sich zusammen und schaute sitzend auf seine Knie.

„Und dann hatte er aber angefangen zu trinken. Dass seine Frau nicht wiederkam, ihn für immer verlassen hatte, hat er nicht verkraftet. Mein Vater hatte Irina noch kennengelernt und mir geraten, sie nie zu enttäuschen. Eine solche Frau darf man nicht mehr gehen lassen. Das waren seine Worte. Ich war kein Musiker, kein Künstler, ich wollte Koch werden und ich bin froh, dass ich Koch gelernt habe."

Ich konnte ihm nur beipflichten, denn der Sauerbraten war ein Gedicht.

„Das ist mein Leben. Ich bin mit meinem Leben zufrieden, so wie es ist. Mein Vater hat in zwei verschiedenen Welten gelebt. Die Nachkriegszeit hat ihren Tribut gefordert."

Der Gastwirt stand auf. Dunja hatte den Raum betreten. Ich freute mich, sie zu sehen, sie anschauen zu dürfen: „Setz dich zu uns, wenn du magst. Darf ich dich zu etwas einladen?" „Danke, ich mach´ mir einen Pfefferminztee." „Nein, Dunja", sprach der Wirt dagegen. „Leiste du unserem Gast Gesellschaft. Ich mache dir den Tee und uns noch ein Pils, wenn´s genehm ist?" Ich nickte und Dunja setzte sich mir zur Seite. Ich erblickte nur kurz ihr Profil und schaute wieder verwirrt zu den Bildern hoch. Ich wollte auf jeden Fall vermeiden, sie anzustarren. „Hat er Ihnen die Bilder erklärt? Meine Mutter hat sie aus Russland mitgebracht." „Das mit deiner Mutter tut mir leid." Jetzt schaute ich sie an. „Sie hat ihren Traum für die Liebe eingetauscht. Aber das Schicksal hatte es nicht gewollt." Ich schluckte und schwieg. Ich wollte nicht widersprechen, denn mit dem Wort Schicksal konnte ich nichts anfangen. Es ist für mich keine Rechtfertigung und erst recht keine Ursache oder Begründung. Aber der Umstand war zu ernst, um über Begriffe zu ringen.

„Ich mache Jazz-Tanz. Ich würde gerne zum Musical, also zur Musical-Schule gehen. Das wäre mein Traum." Die Betonung lag auf dem Wort

„mein". In Gedanken sah ich sie die Show-Treppe hinunter schreiten. Ja, sie war jetzt schon eine Bühnenpräsenz. Ich konnte sie mir sehr gut als Musical-Star vorstellen. Aber ich schwieg und hörte ihr weiter zu. „Doch ich werde wohl später die Gaststätte übernehmen." Sie wirkt so erwachsen, dachte ich. „Spielst du auch Klavier?" fragte ich unvermittelt. Ich hatte mich umgeschaut, denn der Wirt kam von hinten an den Tisch und gab den Blick zum Klavier frei. „Ja, schon", antwortete sie. „Aber lange nicht so gut wie meine Mutter." „Dein Vater erzählte mir, dass sein Vater auch spielte. Da steckt die Musik wohl in der Familie?" „Das kann schon sein", sagte sie und zog den kleinen Teller mit dem Glas Pfefferminztee zu sich. „Sie sind Vertreter? Aber Sie sind irgendwie anders. Sie sind interessierter." „Das ist wohl so. Ich bin eigentlich Lehrer. Und wie so viele damals, es waren Tausende, bekamen wir keine Anstellung in unserem Beruf. So bin ich dem Ratschlag eines Leidensgenossen gefolgt und habe die Ausbildung zum Versicherungskaufmann gemacht. „Irgendwie scheint sich die Geschichte zu wiederholen", warf der Vater ein. „Wenn auch ein wenig anders." Während der Regen wieder gegen die Fenster klatschte, unterhielten wir uns zu dritt. Auch Dunja redete wie eine Erwachsene, die scheinbar die Welt kannte. Erst im Nachhinein war mir aufgefallen, dass dieses vierzehnjährige Mädchen ohne jegliche Schüchternheit mitdiskutierte. Um nicht stets verführt zu sein, die junge Schönheit anzuschauen, konzentrierte sich mein Blick auf den Gastwirt. Ich schätzte ihn auf rund fünfzig Jahre. Sein Haaransatz und auch sein Schnauzbart zeigten die ersten silbernen Spuren. Ansonsten waren sie pechschwarz. Er wirkte vital, kräftig und in sich ruhend. Die Atmosphäre war angenehm und ich habe diesen Abend sofort wieder vor Augen, wenn ich nur an ihn denke. Wir sprachen damals von Kunst und Musik, aber im Rückblick fiel mir auf, dass keine Musik spielte. Es war immer ruhig, nur die Sätze durchfluteten den Raum und verströmten diese besondere Stimmung innerer Gelassenheit und Zufriedenheit. Es wurde spät. Ich erinnere mich noch an die blumigen Vorhänge und schlief ein, ohne es zu merken. Meinen nächsten Kundentermin hatte ich erst am Nachmittag. Ich konnte ausschlafen.

Nun saß ich am Frühstückstisch, aber diesmal am Fenster. Der Wirt hatte mir, wie gewünscht, den Zugfahrplan auf den Tisch gelegt. Das Heft war dünn, aber dafür speckig, abgewetzt und die Ecken hatten sich durch das viele Blättern nach oben gekräuselt. Der Zug zu meinem Zielort ging erst in einer Stunde. Die Sonne lachte wieder durch die vergilbten Gardinen an den Blumen vorbei und es duftete angenehm nach Kaffee. Ich frühstückte allein und ging noch mal in Gedanken mein Kundengespräch durch, wie ich es immer machte. Als Vertreter ist man Verkäufer und man muss immer wissen, was man will. Das ist der entscheidende Vorteil gegenüber einem Kunden. Ich hatte immer mehrere Optionen, damit der Kunde nicht zu- oder absagen, sondern nur zwischen den verschiedenen Angeboten auswählen konnte. Während ich so schon wieder in meine berufliche Welt eingetaucht war, stand plötzlich Dunja vor mir. Sie hatte meinen kleinen Koffer und die Ledertasche dabei und setzte sie neben mir ab. „Das wäre aber nicht nötig gewesen", sagte ich, während ich zu ihr aufschaute. In ihren nun goldenen Augen spiegelten sich die Sonnenstrahlen. Sie schmunzelte und fing an zu blinzeln. Ich erhob mich. Mein Körper verdeckte die Sonne. Dunja wich nicht zurück. So nah war ich ihr noch nie. „Ich musste sowieso das Zimmer machen", rechtfertigte sie sich. „Dunja", sagte ich. Ich glaubte, meine Stimme zitterte. „Bitte versteh´ mich nicht falsch. Du könntest …" „Ich weiß, Ihre Tochter sein." „Ja. Ich muss mich verabschieden. Mein Zug fährt gleich. Ich habe nur noch eine kleine Bitte." Ihre Augen wurden noch größer, runder, glänzender. „Darf ich dich zum Abschied einmal umarmen?" Ich hatte den Satz noch nicht zu Ende gesprochen, da fühlte ich ihre Arme und Hände auf meinem Rücken. Es gibt

Augenblicke, die zur Ewigkeit werden. Das war ein solcher Moment. Ich habe ihn nie vergessen und werde ihn nie vergessen.

Es kommt immer wieder vor, dass man etwas zusagt, ohne groß darüber nachzudenken, besonders, wenn es sich um Geschäftliches handelt, das eine gewisse Aussicht auf Gewinn verspricht. So schickte mich die Verwaltung in die Landeshauptstadt zu einem neuen Kunden, der um eine Beratung gebeten hatte. Auf dem Fax hatte gestanden, es würde sich um einen älteren Geschäftsmann handeln, der eine junge Frau geheiratet hatte, die er zusätzlich zu seiner damaligen - ich gehe mal davon aus - „entledigten" Familie, absichern wollte. Nun gut, es obliegt mir nicht, die Lebensweise anderer Menschen zu beurteilen, geschweige denn zu verurteilen, aber im Außendienst wird man eher mit der Lebenswirklichkeit konfrontiert als in einem Büro. Ich saß wie immer im Zug und träumte vor mich hin, während die Bilder der Fenster an mir vorbeirauschten. Der Sommer ging zur Neige. Die ersten Blätter an den Bäumen verfärbten sich ins Gelbe. Regentropfen klopften an die Scheibe. So langsam fing es an zu prasseln. Ein merkwürdiges Gefühl stieg in mir hoch, das ich nicht zuordnen konnte. Ich saß allein im Abteil erster Klasse am Fenster. Es war ein Schnellzug. Das monotone

Rattern war viel leiser als früher. Vielleicht wurde ich auch nur müde und ich überlegte, in den Speisewagen zu gehen. Doch da öffnete sich die schmale Tür mit den rot-braunen Vorhängen und ein älterer Herr mit einem Hut unter dem Arm trat ein. „Ist hier noch frei?" fragte seine brummige Stimme. Für mich war das nur eine Floskel. Aber ich nickte freundlich. Er legte den Hut neben sich und setzte sich mir gegenüber ans Fenster, aber entgegen der Fahrtrichtung. Ich zog meine Füße ein und schaute demonstrativ und möglichst desinteressiert nach draußen. Seine gekünstelte Seriosität und Selbstsicherheit zeugten von einem gewissen bürgerlichen Wohlstand. Ich war froh, dass ich nicht mehr so aussah wie ein Vertreter. Ich hatte mir einen grünen Parka wie früher zugelegt und meine Ledertasche mit einem roten Rucksack für die Prospekte, Taschenrechner und sonstigem Bürokram getauscht. Auch in meinen blauen Jeans fühlte ich mich wohl. Das, was mich verraten könnte, befand sich alles im Hartschalenkoffer mit Rädern und ausziehbarem Haltegriff: Mein Anzug, meine sauber gefalteten Hemden und Krawatten, eben meine Kunden-Maskerade. Mein Gesicht wurde mittlerweile von einem gepflegten kurz geschnittenen Vollbart verdeckt. Ich hatte begonnen, in zwei Welten zu leben: In der einen musste ich Geld verdienen, in der anderen lebte ich mein eigentliches Leben. Da ich mir dieser Parallelwelten bewusst war, verfiel ich auch nicht in irgendeine Art von Schizophrenie. Ich nahm meinen Beruf ernst, aber auch nicht mehr und nicht weniger. Ich spielte meinen Kunden auch kein Theater vor. Ich offenbarte ihnen, dass ich ein ehemaliger Lehrer wäre, dass dadurch aber meine Kundenberatung profitieren würde, weil ich so über den engen Rahmen eines Versicherungsmenschen hinausblicken könnte. Meine Kunden spürten, dass mein Anliegen ehrlich war. Auf der anderen Seite hatte sich in mir die Idee entfaltet, irgendwie schriftstellerisch tätig werden zu wollen. Zu irgendetwas musste doch mein Studium wert gewesen sein. So fing ich an, nicht nur meine Kunden, sondern alle Menschen, denen ich begegnete, genauer zu betrachten, zum Beispiel ihre Charaktere zu erforschen. Mein Gegenüber hatte sich den Mantel aufgeknüpft und schaute aus dem Fenster des fahrenden Zuges. Da er den Mantel nicht ausgezogen hatte, schloss ich daraus, dass er nicht lange reisen würde, also bald auch wieder aussteigen würde. Außerdem führte er kein Gepäck, keinen Koffer oder Taschen bei sich. Ein mögliches Gespräch hätte nur oberflächlich bleiben können. Also schwieg auch ich und schaute ebenso unbeteiligt aus dem Fenster, aber in Fahrtrichtung. Der Regen wurde heftiger. Ich konnte die Landschaft kaum erkennen und meine Blicke richteten sich auf die Wasserrinnen an der Scheibe. Ich konnte es mir kaum erklären, aber Dunja kam mir in den Sinn. Ich sah sie vor mir. Es waren doch schon viele Jahre seitdem vergangen. Ich überschlug in Gedanken die Zeit und kam auf mindestens zehn Jahre. Aber warum dachte ich gerade jetzt an sie? Eine Lautsprecherstimme unterbrach meine Gedanken. Habe ich das richtig gehört? War das nicht der Name des Dorfes, in dem ich schon einmal war? In einem Mai? Ja, und es hatte auch so unangenehm geregnet. „Entschuldigung", sprach ich mein Gegenüber unvermittelt an. „Wissen Sie, ob der Zug an der nächsten Stelle hält?" „Ach", seufzte er. „Seitdem die Regionalbahn nicht mehr fährt, hält der Schnellzug jetzt auch an diesen kleinen Bahnhöfen." „Ja die Zeiten ändern sich", antwortete ich, um nicht unhöflich zu wirken. Dabei hatte sich der Entschluss schon längst in mein Gehirn gebohrt. Dagegen war ich machtlos. Ich war innerlich plötzlich aufgewühlt, aufgeregt. Für mich war längst klar: Am nächsten Halt werde ich aussteigen. Ob sie noch zuhause wohnt? Vielleicht ist sie auch verheiratet und hat selbst Kinder? Ob er noch lebt? Der Gedanke, sie sei nicht mehr da oder der Wirt sei tot, beunruhigte mich aufs Äußerste. Ich bekam ein trauriges Vorgefühl. Mir wurde kalt. „Ist Ihnen nicht wohl?" fragte mein Gegenüber. Er verzog sor-

genvoll sein Gesicht. „Nein, nein, es ist alles in Ordnung. Ich muss nur gleich schon aussteigen. Die Haltestelle hätte ich fast vergessen", entschuldigte ich mich. Ich zog meinen grünen Parka über, ruckelte den Koffer aus der oberen Ablage, nahm meinen Rucksack vom Nebensitz, verabschiedete mich von meinem Begleiter und ging langsam in Richtung Ausgangstür. Bremsen quietschten. Der Zug hielt. Der Regen hatte nachgelassen. Erste Sonnenstrahlen quälten sich die Treppe hinunter, die noch genauso grau und abgewetzt war, wie ich sie in Erinnerung hatte. Überhaupt hatte sich dieser alte Bahnhof nicht verändert. Einige Schmierereien waren hinzugekommen. Für mich waren die Schein-Graffiti-Künstler ohne Anstand und Mut. Warum schrieben sie nicht unter ihren oberflächlichen Parolen ihren Namen und Adresse? Nur große Sprüche an die Wand zu sprühen, war mir zu wenig. Wer eine eigene Meinung hat, sollte zu ihr stehen und eben Haltung zeigen.
Der Herbstwind hatte schon braune Blätter hinunter geweht. Es zog von allen Seiten. Einige Leute kamen mir entgegen, mit bis zum Hals zugeknöpften Mänteln, Menschen, die ich nur unterbewusst wahrnahm. Ich rannte in dieselbe Richtung wie damals, stampfte mit dem Rucksack auf dem Rücken, den Koffer hinter mir herziehend die Treppe hinauf und schaute unweiger-

lich zur Decke. Die alte Reklame hing noch am Ausgang oben, aber sie leuchtete beziehungsweise flackerte nicht mehr. Sie schien zu wackeln. Die Leuchtstoffröhre hat bestimmt ihren Geist aufgegeben, dachte ich. Soll sie schon ein trauriger Hinweis sein? Oben angekommen, sah ich wieder die beiden gelben Telefonzellen. Davor standen aber nun zwei Taxen. Der Regen hatte aufgehört und die scharfen Sonnenstrahlen spiegelten sich auf dem nassen Beton. Ich muss den Kundentermin verschieben, fiel mir sieden heiß ein. Ich quetschte mich in eine der beiden Telefonzellen und verschob den Termin auf den nächsten Abend. Dem Kunden war es Recht und ich machte mich auf den Weg zur alten Gaststätte. Auch hier das erwartete Bild. Kein Licht brannte, nicht einmal aus den beiden Fenstern neben dem Eingang links und rechts drang irgendein Lebenszeichen. Die schwere Tür ließ sich aber öffnen und ich betrat leise und vorsichtig den Gastraum. Im inneren Ohr hörte ich wieder die Glocken, aber real sie läuteten nicht. Ich schaute mich um. Stille beherrschte den Raum. Auf dem Fensterbrett standen keine Blumen mehr. Die vergilbte Gardine war braun. Nur ein dünnes Licht versuchte krampfhaft den Tisch in der rechten Ecke zu erhellen. Da saß jemand. Der Kopf lag auf den verschränkten Armen und verdeckte das Gesicht. Es war ein Mann. Er schien zu schlafen. Die schwere Tür fiel ins Schloss und ich sah, wie sich der Kopf langsam hob. Das war doch nicht der Gastwirt von damals, dachte ich und suchte nach Ähnlichkeiten. Die Haare waren grau und das Lampenlicht warf im Gesicht Schatten unter seine Falten. Ich ging leise auf ihn zu. Da hingen sie noch, die vier Bilder aus dem Neuen Testament, die Bilder, die aussahen wie Ikonen, vom verlorenen Sohn. Alles sah so aus wie früher. Aber es wirkte irgendwie trostlos, verfallen, fast verkommen. Ich schaute mich um und suchte das Klavier. Es befand sich wie damals unter der Treppe. Dann stand ich vor ihm. Er blickte zu mir hoch. Seine Augen waren klein. Sein Gesicht wirkte aufgeschwemmt. Er muss sich schon seit Tagen nicht mehr rasiert haben. Ja, es war mein Gastwirt. Ich war erschrocken. Er hatte einen krummen Rücken und war in so wenigen Jahren extrem gealtert. Ich war entsetzt, was aus dem damaligen vitalen, kräftigen Mann in so kurzer Zeit geworden war.

Ich halfterte meinen roten Rucksack ab, legte ihn auf einen Stuhl und setzte mich dem Gastwirt gegenüber. „Erkennen Sie mich wieder?" Er schaute mich zweifelnd an. Er kniff seine Augen zusammen. Ja, es waren seine Augen, die keinen Zweifel ließen, dass er es war, der Koch, der Wirt, der mit der schönen Tochter. „Wir sind alte Bekannte." „Kann sein", entgegnete er ungehalten. „Erkennst du mich nicht wieder?" Er sah mich wieder an und schien mich zu mustern. „Ich weiß nicht. Es kommen so viele Reisende. Wie soll ich die alle auseinander halten?" Darauf reagierte ich nicht. Ich spürte eine gewisse Ungeduld. „Wie geht es Dunja?" Vielleicht half diese Frage seiner Erinnerung auf die Sprünge. „Das weiß ich doch nicht. Da frag lieber den Herrn da oben." Ich überlegte. Was wollte er damit andeuten? „Was ist mit ihr?" Ich hatte Angst, ihn zu fragen, ob sie noch lebte. „Ist sie verheiratet?" Etwas Anderes fiel mir in diesem Moment nicht ein. Der alte Mann tat so, als wenn er meine Frage gar nicht gehört hätte. Diese Reaktion macht mich erst recht neugierig. Aber ich wagte nicht, weiter zu fragen. „Ich brauche etwas zum Aufwärmen. Darf ich Sie einladen?" Jetzt siezte ich ihn. Soweit hatte er sich von mir entfernt. „Du lädst mich ein? Na gut." Er erhob sich und schlürfte zur Theke, zapfte zwei Pils an, griff wie selbstverständlich hinter sich ins Regal und holte eine Flasche Mariacron heraus. Er kam zurück, setzte sich wieder und stellte gleichzeitig zwei kleine Cognac-Schwenker mit der einen Hand und mit der anderen die Flasche auf den Tisch. Er füllte die Gläser meines Erachtens zu voll und prostete mir zu. Ich nippte nur. Ich war nicht gewohnt, braunen Schnaps zu trinken. Er kippte den Inhalt mit einem Schluck herunter und füllte sein Glas wieder. Dann stand er wieder auf und ging hinter seinen Tresen, zapfte die beiden Pils nach, brachte sie uns an den Tisch, griff sein Cognac-Glas und trank es aus, während er sich hinsetzte. So trinken nur Alkoholiker, dachte ich, aber ich schwieg und wartete ab. Er schien, etwas sagen zu wollen. Der Hochprozentige hatte seine Unfreundlichkeit verscheucht. „Ich erinnere mich", sagte er ohne zu lallen. Ob es stimmte oder ob er nur so tat, konnte ich nicht beurteilen. „Du hast also meine Dunja gekannt." Ich nickte. Es war eigentlich gar keine Frage, eher eine Feststellung. Ich wusste aus Erfahrung, wenn ich jetzt schwieg, die Spannung meiner Zurückhaltung aushalte, die Sekunden sich qualvoll in die Länge zu ziehen scheinen, würde er weitersprechen. Und so geschah es auch. Sein Brustkorb wölbte sich, aber sein Rücken blieb krumm. Er atmete tief durch und hob wieder an: „Ach. Jeder kannte sie. Ach. Dunja. Was war sie für ein Mädel!" Er trank sein Pils in zwei Schlucken, kippte seinen Braunen nach und ich wartete, was jetzt wohl kommen sollte. Mir wurde warm. Ich zog meine Arme aus dem Parka und ließ ihn hinter mir auf den Stuhl gleiten. Und was er mir nun erzählte, sollte ich viele Jahre nicht mehr vergessen. Wenn ich an diesen Augenblick zurückdenke, habe ich meinen alten Wirt bildhaft und real vor Augen.

„Alle", sagte er leise. „Also jeder, der vorbei kam, also hier ins Gasthaus kam, hat sie gelobt, ich kann es nicht anders sagen. Niemals hat sich jemand über sie beschwert. Alle haben sie geliebt. Ich habe sie geliebt. Sie war mein Ein-und-Alles. Und sie bekam so viel geschenkt: Tücher, Ohrringe, Armbänder und weiß der Schinder, was sie alles bekam. Nicht wenige Reisende hatten nur wegen ihr hier Halt gemacht, nur um sie zu sehen. Das habe ich genau registriert. Aber ich war nicht neidisch auf diese Herren, nein ich war stolz auf meine Dunja. Sie war ja meine Tochter, verstehst du? Es kam immer wieder vor, dass ein Gast unzufrieden war und versuchte, sich mit mir anzulegen, verstehst du, das Bier wär zu warm oder so etwas. Aber dann kam sie aus der Küche, lächelte und jeder Gast wurde weich, konnte nicht anders, als über die Maßen freundlich zu sein." Er lächelte. Er schaute mir in die Augen. Er erinnerte sich lebhaft an die damaligen Ereignisse. Der Herbstwind nahm Fahrt auf. Man konnte hören, wie er gegen die Fenster drückte. Ich dachte, die Tür würde geöffnet und drehte mich um. „Das ist nur der Wind. Es kommt schon lange keiner mehr. Ich hole uns noch etwas zu trinken." Er stand auf und ging hinter den Tresen. Nachdem wir uns wieder zugeprostet hatten, setzte er wieder zu seiner Erzählung an. Ich hatte in weiser Voraussicht den nächsten Kundentermin verschoben. Darüber war ich froh. Für mich gab es keinen Zeitdruck und ich war gespannt, wie es nun mit Dunja weiterging. Und es ging weiter, aber nicht so, wie ich es noch gehofft hatte.

Der unrasierte Wirt wischte sich den Schaum vom Mund und holte wieder tief Luft:

„Dem Schicksal kann man nicht entgehen. Ich habe sie doch geliebt, meine Dunja. Und wenn Gäste kamen, um sich mit ihr zu unterhalten, das war wunderbar anzusehen. Solche Gespräche dauerten immer sehr lange. Alle bewunderten sie. Sie war in allem sehr geschickt, ob beim Servieren oder in der Küche. Und sie war so fleißig. Und ich Dummkopf konnte mich nicht satt genug an ihr sehen und mich über sie freuen. Und wie ich sie geliebt habe, meine kleine Dunja. Hat sie es bei mir schlecht gehabt? Ganz sicher nicht. Ich habe mein Kind gehegt. Nicht nur, weil sie die Stütze der Gaststätte war - sie war, ach ich finde nicht die richtigen Worte. Du weißt es doch. Du hast sie doch kennengelernt. Sie war einfach - alles, mein Leben, mein Ein-und-Alles."

Ich knetete verlegen meine Hände über dem Tisch wie ein Betender und senkte den Kopf, als ich sah, wie erste Tränen sich aus seinen Augen quälten. Ich wollte nichts Schlimmes ahnen, aber ich wollte es wissen. Ich schwieg. Was sollte ich auch Anderes machen? So redete er weiter und erzählte von seinem Leid:

„Es war Winter. Es war ein kalter Winter vor drei Jahren. Als Wirt stand ich wie immer in Erwartung neuer Gäste hinter der Theke. Draußen wurde es immer ungemütlicher. Der Schnee war dünn, aber nass, die Straßen matschig. Wir hatten in dieser Zeit kaum Gäste. Dunja und ich waren mal wieder allein. Da ging plötzlich die Tür auf. Ein junger Mann trat ein, schüttelte sich kurz und klopfte die wenigen Schneeflocken von seinem Jackett. Auffällig war, dass er bei diesem miesen Wetter keinen Mantel trug. Er wirkte sehr gepflegt und war glatt rasiert, seine dunkelblonden Haare kurz geschnitten und glatt nach hinten gekämmt. Dunja lief direkt auf ihn zu und bot ihm einen Stuhl an. Ich sah genau, wie der elegante junge Herr mit der Hand eine Bewegung machte und offenbar jede Art von Zuwendung geringschätzend ablehnte. Aber dann erblickte er Dunja, setzte sich und sagt sogar Danke. Dunja hatte ihm einen Platz an der Wand direkt neben der Heizung zugewiesen. Dann habe ich gehört, wie der gutaussehende Gast Dunja bat, ihm einen Tee mit Zitrone zu bringen. Dunja verschwand sofort in der Küche. Der junge Mann hatte hinter ihr her geschaut und starrte immer noch zur Küchentür. Aus der Küche zischte es kurz und Dunja kam wieder heraus mit dem kleinen braunen Tablett, worauf ein Glas Zitrone und ein Schälchen Zucker standen. Dunjas Erscheinung hatte die gewohnte Wirkung. Die anfängliche Aufregung des jungen Mannes verwandelte sich in eine versteckte Aufmerksamkeit. Er bedankte sich sogar höflich. Dann bat er Dunja, sich neben ihn zu setzen. Er duzte sie und nannte sie bei ihrem Vornamen. Sie fragte ihn, ob er länger bleiben wollte und bot ihm die Speisekarte an. Er wirkte ein wenig verwirrt. Er erweckte den Eindruck, ihr Angebot abzulehnen, aber dann entschied er sich, doch etwas zu essen und vielleicht über Nacht zu bleiben. Sie empfahl ihm Rindergeschnetzeltes, nannte es aber Boeuff Stroganoff de Luxe, Rinderfilet mit frischen Champignons, Schalotten, Cornichons an saurer Sahne, verfeinert mit Creme fraiche. Sie wusste mal wieder, mit wem sie es zu tun hatte. Dann holte sie eine Flasche Weißwein und goss ihm ein Glas zum Probieren ein. Während ich in der Küche verschwand und dem Wunsch des Gastes nachging, hatte sich Dunja an seinen Tisch gesetzt. Ich hörte in der Küche, wie im Gastraum beide angeregt miteinander plauderten. Diese Situation kannte ich. Es war typisch für Dunja. Sie hatte alles und jeden im Griff. Nach der Küchenarbeit musste ich noch zum Metzger. Ich warf mir den Mantel über und verließ den Gasthof. Vor dem Haus stand eine schwarze, große Limousine englischer Bauart, ein ungewohnter Anblick in dieser Gegend. Ich ging um den Wagen herum. Eine Fensterscheibe versenkte sich langsam und der Fahrer rief mich zu sich. Er fragte mich, wie lange Herr von Gehrstein noch im Lokal bleiben würde. Das wusste ich natürlich nicht. Dadurch hatte ich aber durch den Chauffeur erfahren, wie der elegante junge Mann nun hieß. Das doppelte H auf dem Nummernschild verriet, dass der Wagen und damit auch Herr von Gehrstein aus Hamburg kommen musste. Ich war dann zum Metzger gegangen. Als ich zurückkam, stand die Limousine aus Hamburg nicht mehr vor der Gaststätte. Auch der junge Gast war nicht mehr da. Der Tisch war abgeräumt. Wie auch bei den anderen Tischen stand eine kleine weiße Vase mit einer dunkelroten Rose auf dem Tisch. Von der Treppe kam ihm Dunja entgegen und meinte, der Gast habe sich oben hingelegt. Sie habe ihm das große Zimmer gegeben. Dem jungen Mann wäre schlecht geworden. Er meinte, dass es ganz sicher nicht am Essen gelegen haben könnte. Er habe so etwas noch nie erlebt. Ihm sei plötzlich ganz schwindelig geworden. Dann übergab Dunja mir die Kreditkarte vom Gast mit dem Hinweis, alles entsprechend abzubuchen. Zusammen mit der Kreditkarte hatte Dunja mir auch die Visitenkarte des Gastes gegeben. Nachdem ich das frische Fleisch versorgt und die Küche wieder in Ordnung gebracht hatte, ging ich hinauf zum Gast. Als ich das Fremdenzimmer betrat, lag der junge Mann auf dem Bett, hatte zwar die Schuhe ausgezogen, aber trug immer noch seinen dunkelblauen NadelstreifenAnzug. Er stöhnte über Kopfschmerzen und ein Unwohlsein, das ihm nicht erlaubte, weiter zu reisen. Wenn der Fahrer sich meldete, sollte ich ihm mitteilen, dass er vorerst hier bliebe. So kam es auch, dass der Fahrer noch am selben Abend ins Lokal kam und versicherte, sich täglich nach seinem Arbeitgeber zu erkundigen. Ich hatte Dunja gebeten, sich um den Gast zu kümmern. Ich hatte beschlossen, am nächsten Tag den Arzt zu rufen, falls es dem Gast dann immer noch nicht besser ginge. Der nächste Tag sollte nichts Gutes bringen. Dem Gast ging es noch schlechter als am Tage zuvor. Dunja legte dem Kranken ein angefeuchtetes Tuch auf die Stirn, wechselte es ständig und saß stundenlang neben ihm am Bett und reichte ihm immer wieder etwas zu trinken. Immer wenn ich das Zimmer betrat, konnte ich sehen, wie der Gast die Hand Dunjas festhielt, sie aus Dankbarkeit mit seiner schwachen Hand drückte, während sie die Tasse reichte. Und, wenn ich durch den Türrahmen ging, fing der Kranke an zu stöhnen. Er brachte kaum ein Wort heraus. Dunja war ihm nicht von der Seite gewichen. Sie hatte sogar ihre Näharbeiten bei ihm verrichtet. Alle Augenblicke wünschte er etwas zu trinken und Dunja bereitete ihm Kaffee zu und lief ständig von der Küche nach oben zum Kranken und wieder zurück. Ich sah keinen anderen Ausweg, als doch den Arzt zu rufen. Der Arzt kam noch am Vormittag, kurz vor Mittag. Es war unser Hausarzt. Er hatte uns aber selten besucht, da wir eigentlich nie krank waren. Als der Arzt die Treppe wieder herunterkam, erklärte er mir, dass der Gast viel Ruhe brauchte und sicherlich in zwei bis drei Tagen wieder auf den Beinen sei und weiterreisen könnte. Während ich mich noch mit dem Arzt unterhielt, kam der kranke Gast die Treppe hinunter. Er war vornehm gekleidet, hatte aber auf die Krawatte verzichtet, ging zum hinteren Tisch und forderte den Arzt auf, sich dazu zu setzen. Der Gast lud den Arzt zum Essen ein, bestellte für beide Rindersteaks und eine Flasche Rotwein. Ich bereitete die Speisen zu und hörte, wie sich die Gäste amüsierten und zuprosteten. Ein offener Briefumschlag, aus dem Geldscheine lugten, lag auf dem Tisch. Ich sah, wie der Arzt den Umschlag in sein Jackett schob. Es soll mir recht sein, dachte ich unschuldig. Wenn meine Gäste sich amüsieren, sich bei mir wohlfühlen, ist doch alles in Ordnung. Also hielt ich mich, wie gewohnt, aus allem heraus und nahm mich zurück. Am nächsten Tag betrat der Fahrer des jungen Herrn die Gaststätte. Ich bekam mit, dass sie sich über die Weiterfahrt unterhielten und der gesundete Herr von wichtigen Geschäftsabschlüssen sprach. Es war schon der dritte Tag, seitdem der elegante und gut aussehende Herr mit Chauffeur eingekehrt war. Es war bereits Sonntag. Der Gast hatte ein reichliches Frühstück genossen. Dunja kam mit dem kleinen Koffer des Gastes die Treppe hinunter. Sie hatte sich schick gemacht. Sie wollte zur Sonntagsmesse. Noch während sie sich den beigen, dünnen Wollmantel anzog, hörte ich, wie der Wagen des jungen Herrn vorfuhr. „Mein Fahrer ist da. Ich muss mich von Ihnen verabschieden", sagte der Gast. „Du gehst auch, Dunja?" „Ja, wie jeden Sonntag gehe ich doch zur Messe. Die Kirche liegt etwas außerhalb, oben auf dem Berg. Darum muss ich jetzt schon los." „Was hältst du davon, mit mir noch eine Tasse Tee oder Kaffee zu trinken und dann nehme ich dich mit und setze dich an der Kirche ab". Dunja schien nachzudenken und schüttelte vorsichtig den Kopf. Doch bevor sie das Angebot ablehnen konnte, griff ich in das Gespräch ein: „Du hast doch nicht etwa Angst, Dunja?" fragte ich von der Theke aus. Ich kann mich noch genau an meine Worte erinnern. „Der Herr ist doch kein Wolf und wird dich nicht gleich fressen", schmunzelte ich und bereitete schon einmal für Dunja einen Tee und für den Herrn einen Kaffee vor. „Fahr nur bis zur Kirche mit, liebe Dunja. Das ist schon in Ordnung", bekräftigte ich noch einmal seine Empfehlung. Dunja setzte sich zum Gast an den Tisch und trank ihren Tee. Ich hörte in der Küche - die Tür stand immer offen - dass sich die beiden angeregt unterhielten. Dann ging ich zurück in den Gastraum. Der junge Herr war gerade dabei, Dunja in den Mantel zu helfen, da kam auch schon der Fahrer durch die Tür. Ferne Glockenklänge drangen hinein, während sich die Tür langsam schloss. Sie läuteten zum sonntäglichen Hochamt. Der Fahrer trug nun einen grauen Anzug, eine typische Fahrermütze und sogar eine dezent-farbige Krawatte. Er ergriff den kleinen Koffer seines Chefs und alle drei verließen den Gasthof, ohne sich umzudrehen. Ich rannte zum Fenster und konnte noch so gerade sehen, wie Dunja und Herr von Gehrstein im hinteren Teil des großen, schwarzen Autos Platz nahmen. Mit einem leisen Surren fuhr der Wagen davon. Ich zapfte mir gegen jede Gewohnheit, tagsüber Alkohol zu trinken, ein Pils an und setzte mich an meinen Tisch in der hinteren Ecke unter den Bildern des verlorenen Sohns. Da saß ich am liebsten. Von hier aus kann ich alles überblicken. Nun saß ich da - alleine in der Stille. Ich starrte unentwegt zur Tür. Langsam aber sicher kroch eine merkwürdige Unruhe in mir empor. Es war noch keine halbe Stunde vergangen und ich fühlte, wie sich mein Herz zusammenzog. Innerlich aufgewühlt lief ich in meiner Gaststätte hin und her, trank in einem Zuge das Glas Bier aus und begann, mir erste Vorwürfe zu machen. Ich konnte nicht begreifen, dass ich selbst meine Dunja unterstützt hatte, mit dem Mann mitzufahren. Wie konnte ich so verblendet sein? Wo hatte ich nur meinen Verstand gelassen? Ich lief zur Garderobe, zog meinen dunkelgrünen Mantel an, eilte zur Tür hinaus und vergaß dabei, sie abzuschließen. Meine Gedanken kreisten nur noch um meine schöne Tochter. Gleichzeitig wollte ich mir aber keine Vorwürfe mehr machen. Doch meine Gedanken ließen sich nicht mehr willentlich steuern. Die Kirchenglocken waren bereits verstummt. Von weitem konnte ich die Kirchturmspitze sehen und lief in langen Schritten die schmale Straße zur Kirche hoch. Die anderen Leute sollten nicht sehen, dass ich mich beeilte. Am liebsten wäre ich gerannt. Aber ich glaubte auch, den mühsamen Weg hinauf besser durchhalten zu können, als wenn ich rennen würde. Als ich mich der Kirche näherte, kamen mir schon die ersten Gläubigen entgegen. Das Hochamt war zu Ende. Am wuchtigen Eingangsportal verabschiedete der Pfarrer im langen Priestergewand die letzten Kirchgänger per Handschlag. Ich überwand meinen inneren Widerstand und fragte ihn, ob Dunja noch in der Kirche sei, da ich sie auf dem Kirchplatz nirgendwo gesehen habe. Der Pfarrer sagte, dass sie gar nicht im Hochamt gewesen sei. Ich traute meinen Ohren nicht, schaute aufgeregt durch die offene Tür in die Kirche, sah, dass ein Messdiener die Kerzen löschte und noch zwei ältere Damen allein in der ansonsten leeren Kirche nebeneinander knieten. Bedrückt und irritiert machte ich mich auf den Heimweg. Wo könnte sich Dunja denn noch aufhalten? Ich wollte nicht weiterdenken. Unfassbare Schmerzen blockierten jeden weiteren Gedanken. Doch dann kam mir eine Idee. Dunja hatte ja noch eine Patentante im nächsten Dorf. Meine eigene Schwester hatte ich schon seit dem Tod meiner Irina nicht mehr gesehen. Ich hatte sie bei der Erbschaft unseres Vaterhauses auszahlen müssen. Sie hatte damals unerbittlich darauf bestanden und mich fast in den Ruin getrieben. Seitdem habe ich sie nicht mehr besucht. Unweit meiner Gaststätte befindet sich der Taxistand. Es ist der Taxistand hinter dem Bahnhof. Ich lief am Lokal vorbei direkt zum Taxi, das mich ins nächste Dorf brachte. Vor dem Haus der Schwester ließ ich den Taxifahrer warten, klingelte mehrmals, klopfte, aber kein Mensch öffnete die Tür. Vermutlich war es ein Nachbar, der mir über dem Zaun zurief, dass seine Nachbarin seit über einer Woche verreist sei und drei Wochen wegbleiben wollte. Sie wollte nach Mallorca. Hier konnte also

Dunja nicht gewesen sein. Verzweifelt und völlig am Ende fuhr ich mit demselben Taxi zurück. Als ich die Tür meiner Kneipe aufschließen wollte, stellte erschrocken fest, dass ich sie gar nicht verschlossen hatte. Mit zittrigen Beinen mühte ich mich die Treppe hinauf, nahm gleich die erste Tür - es war das Fremdenzimmer, in dem der junge Herr genächtigt hatte und warf mich angezogen, wie ich war, auf das Bett, das Dunja heute Morgen noch frisch bezogen hatte. Mein Unglück war unerträglich. Es zerquetschte mein Gehirn. Ich hatte das Gefühl, mich aufzulösen. Erst Stunden später wachte ich auf. Ich war nassgeschwitzt. Jetzt überblickte ich nun alle Umstände. Mir wurde bewusst, dass der junge Herr von Gehrstein sich nur krank gestellt haben konnte. Auf dem Tischchen neben dem Bett stand ein grünes Telefon. Ich rief meinen Hausarzt an und schlief wieder ein. Als ich wieder aufwachte, stand der Arzt bereits vor der Haustür. Da die Tür offen war, rief ihn nach oben. Ich hatte hohes Fieber. In diesem Zusammenhang erzählte mir der Arzt, dass der junge Mann vor drei Tagen gar nicht krank gewesen sei. Er habe ihm sogar Geld angeboten, wenn er schwiege. Aber wem hätte er etwas erzählen sollen? Es gab ja keinen anderen Menschen in der Nähe, schmunzelte er. Was mir der Arzt aber zudem noch erzählte, hätte auch nur geprahlt sein können, um sich wichtig zu machen oder zu belegen, wie klug er eigentlich sei. Aber all diese Überlegungen verwarf ich sofort wieder. Sie waren letztendlich egal und sorgten nicht für die notwendige Klarheit. Ich brauchte Tage, um mich wieder einigermaßen zu erholen, so sehr hatte mich der plötzliche Verlust meiner Tochter umgehauen. Da Dunja bereits achtzehn war, ließ ich den Gedanken, die Polizei einzuschalten, wieder fallen. Mit der Arbeit im Gasthof versuchte ich, mich von meinem Schicksal abzulenken. Doch immer, wenn das Telefon auf der Theke klingelte, rief ich wie benommen: „Dunja, bist du es?" Aber es war nie Dunja. Gäste meldeten sich oder Lieferanten riefen an. Dunjas Stimme blieb stumm. Noch Tage später hatte ich meinen Körper nicht im Griff, wenn ich den Klingelton hörte. Meine Hände zitterten, ich schwitzte spontan und mein Herz schlug bis zum Kinn. Mein Gesicht begann zu glühen und ich sagte am Hörer nur noch: „Ja bitte?" Ich wehrte mich innerlich gegen jede Art von Enttäuschung. Unweigerlich musste ich stets an meine verstorbene Frau Irina denken, die zu sagen pflegte: „Gefühle sind das Gedächtnis der Liebe." Und wie ich meine Dunja geliebt habe. Ich hatte sie bewundert und konnte mich an ihr nicht satt sehen. Ich liebte sie, wie nur ein Vater lieben konnte. Ich machte es mir zur Gewohnheit, jeden Sonntag den Berg hinauf zur Kirche zu gehen. Anfangs kniete ich mich sogar in der hintersten Reihe auf die Holzbank und ertappte mich beim Beten. Ich war, als Irina in mein Leben trat, aus der Kirche ausgetreten. Im Moskauer Ballett waren damals nur Kommunisten und Atheisten. Die katholischen Christen waren ihr genauso suspekt wie die Orthodoxen Russlands. Eines Morgens strömte die Sonne durch die offenen Fenster und überflutete die gesamte Gaststätte, dass man in den Ecken die Staubfäden sehen konnte. Die Stimmung wirkte derart positiv auf mein angeschlagenes Gemüt, dass ich beschloss, Dunja zu suchen, egal, wo sie sich auch zurzeit aufhielt. Ich wollte es auf jeden Fall versuchen. Bei diesem Gedanken schlug mir das Herz wieder bis zum Hals. Aufgewühlt durchblätterte ich das dicke Gästebuch, um die Adresse des Herrn von Gehrstein zu suchen. Obwohl es noch früh am Morgen war, gönnte ich mir frisch gezapftes Pils. Dann erblickte ich auf der Seite des damaligen Tages die Visitenkarte, die Dunja eingeklebt haben musste. Auch erinnerte ich mich an das Nummernschild des englischen Autos, das doppelte große H für Hansestadt Hamburg. Auf der Visitenkarte las ich sogar die Adresse, den Straßenname mit der Nummer der G-imex Aktiengesellschaft, Im- und Export international und als Geschäftsführer Timo von Gehrstein. Ich kramte in den alten Kisten von früher und fand, was ich suchte: Das alte, mittlerweile vergilbte Plastik-Schild mit der Aufschrift „Wegen Krankheit vorübergehend geschlossen". Dieses Schild hatte ich damals extra anfertigen lassen, als meine Frau nach dem Unfall im Krankenhaus lag. Aber dann war sie ihren Verletzungen erlegen. Ich wollte nicht daran denken, wie wohl meine Irina reagiert hätte. Vielleicht wäre es mit ihr gar nicht so weit gekommen? Solche Gedanken begannen, mein Gehirn zu zermartern. Ich verdrängte jeden weiteren Gedanken, indem ich in ungewohnter Hektik meinen kleinen Reisekoffer mit den nötigsten Kleidungsstücken und Waschzeug packte und zum Bahnhof lief. Erst jetzt suchte ich auf dem ausgehängten gelben Fahrplan „Abfahrt" hinter Glas die nächste Zugverbindung nach Hamburg. Mein Entschluss stand unerschütterlich fest. Nichts hätte mich mehr aufhalten können. Am Fahrkarten-Kasten wurde ich so nervös, dass mir Schweißperlen über die Stirn in den Mund liefen. Es schmeckte süß. Ich versuchte, mich zu konzentrieren. Die Lautsprecheransagen konnten mich nicht erreichen. Immer wieder vertippte ich mich, bis ein kleiner Junge neben mir zeigte, welche Button ich nacheinander bedienen musste, um allein mit Rückfahrt ohne Bahn-Karte, zweiter Klasse, die entsprechende Rechnungsangabe mit der dazugehörenden Fahrkarte bezahlen und entgegennehmen konnte. Danach schwor ich, nie wieder mit dem Zug zu fahren. Es sollte das erste und das letzte Mal sein. Ich musste zudem auch noch zweimal umsteigen, bis ich endlich im Intercity-Zug saß und zur Ruhe kam. Die Fahrt dauerte mehrere Stunden und ich hatte keine Ambitionen, mit den wechselnden Mitreisenden zu sprechen. Ich saß am Fenster und betrachtete ohne Interesse die mal schneller, mal langsamer vorbei huschenden Bilder. Was ich sah, war mir gleichgültig. Vielleicht, so dachte ich, führe ich mein verwirrtes Schäfchen wieder heim. Was hatte ich denn falsch gemacht? Oder hatte ich überhaupt etwas in der Erziehung falsch gemacht? Ich war allein erziehend, selbständig und daher zeitlich sehr eingespannt. Dunja hatte ich trotzdem nicht eingeschränkt. Sie hatte immer betont, dass sie mir gerne im Gasthof helfe. Und ich hatte sie doch auch zum Jazz-Tanz gelassen. Klavierunterricht hatte ich ihr bezahlt und sie bewundert, wenn sie fleißig übte. In der Schule war sie auch sehr gut. Es hatte nie Beschwerden gegeben.

Die meiste Zeit saß ich allein in meinem Abteil. Aber ich konnte mich nicht beruhigen. Ich fand keine Lösung meines Problems. Der Zug fuhr in den Hauptbahnhof von Hamburg. Es war mittlerweile Nachmittag und ich stand mutterseelenallein auf dem Platz vor dem Bahnhof, während Menschenmengen um mich herumschwirrten.

Niemand beachtete mich. Bevor ich mich auf die Suche nach der Adresse der Aktiengesellschaft machte, wollte ich mich erst einmal um eine preiswerte Unterkunft kümmern. Ein überdimensionales Hinweisschild mit der Stadtkarte in der Mitte, umrandet von Werbeanzeigen verschiedener Restaurants und Hotels ließ mich stutzig werden: Hotel-Restaurant Thilo Schiffer. Den Namen kannte ich. Mit ihm hatte ich die Kochlehre in Köln gemacht. Ich erkundigte mich nach dem Weg. Das Hotel war nur wenige Kilometer vom Bahnhof entfernt. Aber unterwegs kamen mir Zweifel: Vielleicht war es nur eine zufällige Namensgleichheit. Vielleicht würde mich Thilo gar nicht wiedererkennen. Hatte es damals Streit gegeben? Ich konnte mich an nichts dergleichen erinnern. Das Hotel war leicht zu finden. Ich hatte Glück. Es war noch ein kleines Zimmer, ein Einzelzimmer fei. Erst im Speisesaal fand ich den Mut, nach dem Hotelier zu fragen. Der Kellner verschwand durch eine hintere Tür und tatsächlich, der alte Thilo kam herein, erkannte sofort seinen ehemaligen Mitstreiter um die Entwicklung neuer Genusskombinationen. Nachdem wir ausgiebig unsere Erinnerungen aus der guten alten Zeit ausgetauscht hatten, erzählte Thilo mir, dass die Familie von Gehrstein zu den ältesten Handelshäusern Hamburgs gehörte. Ihre Geschichte sollte sogar bis in die Zeit der Hanse zurückreichen. Die von Gehrstein genossen in der Stadt einen hervorragenden Ruf. Eigentlich, so meinte Thilo Schiffer, könnte er sich doch glücklich schätzen, dass meine Tochter eine so gute Partie gemacht hätte, natürlich bis auf den Umstand, dass sie diesen Schritt sehr eigenwillig unternommen hätte. Mit dieser Interpretation war der ich aber gar nicht glücklich. Thilo Schiffer hat mir dann genau erklärt, wie man zum Stammsitz der von Gehrstein gelangen konnte. Sie befände sich in dem Nobelviertel von Hamburg, in der Nähe der Villa von Heinrich Heine. Am folgenden Tag machte ich mich auf den Weg zur Villa von Gehrstein. Erst hatte ich ein Taxi nehmen wollen, aber dann entschied ich mich, zu Fuß zu gehen. Ich wollte unterwegs nachdenken. Aber eigentlich hatte ich Angst. Aber wovor sollte ich mich ängstigen. Ich brauchte eine gewisse innere Ruhe, um mir über mich selbst klar zu werden, aber es gelang mir nicht. Das Gegenteil war der Fall: Ich wurde noch mehr aufgewühlt und unruhig. Der Weg zog sich in die Länge. Ich hatte in meinem Leben noch nie so viele historische und riesige Villen gesehen, mit ihren wuchtigen Toren, Einfahrten und englisch aussehenden Gärten, wie man sie sonst nur im Fernsehen sah. Ich sah das alles, aber meine Gedanken waren woanders. Hausnummern gab es nicht. Aber aufgrund der genauen Beschreibung von Thilo gelangte ich ohne Umwege zur Villa. Ich suchte am Tor aus silbernem Gusseisen und vergoldeten Knöpfen vergeblich eine Klingel. Auch hier war kein Namensschild zu sehen. Während ich verzweifelt durch das Tor schaute, öffnete es sich plötzlich und eine schwarze Limousine hielt direkt neben mir. Die Fensterscheibe versank in der Tür. Jetzt erkannte ich den Fahrer wieder: „Entschuldigung! Haben Sie nicht den Herrn von Gehrstein gefahren, damals zusammen mit meiner Tochter?" „Das stimmt", antwortete der Fahrer, während er den Wagen zum Stehen brachte. „Ich erinnere mich. Das war doch dieses hübsche Ding, das den ganzen Weg geweint hat. Obwohl, also - sie wollte ja mitfahren. Das weiß ich noch genau. Aber was erzähle ich Ihnen da. Das hat Sie gar nicht zu interessieren." Mit einem leisen Surren hob sich die Fensterscheibe und der Wagen rollte langsam den schmalen Weg entlang, an der geschwungenen Treppe vorbei und verschwand hinter der Villa. Das Tor schloss sich geräuschlos, aber so langsam, dass ich das fremde Grundstück unbeschadet betreten konnte. Hinter mir fiel das Tor ins Schloss. Wie ich wieder heraus gelangen sollte, war mir in diesem Moment egal. Ich schritt den Weg aus kleinem Kies entlang und dann die breite Treppe hinauf. Auch hier fand ich keine Klingel im üblichen Sinne, aber einen Klopfring wie in alten Filmen von Edgar Wallace. Ich klopfte erst ein Mal, dann mehrmals etwas fester. Die Tür öffnete sich und eine mollige Frau mittleren Alters mit einer Kurzhaarfrisur und Arbeitsschürze fragte mich unvermittelt, wie ich denn hier hinein gekommen sei. Ich ging aber auf diese Frage nicht ein, sondern erkundigte mich direkt nach dem Herrn von Gehrstein Junior. Die Hausangestellte wies mich schroff zurück und meinte, der Herr von Gehrstein sei frühestens um elf zu sprechen. Dann könne ich es ja noch einmal versuchen. Dann sei er vielleicht, aber auch nur vielleicht, im Büro. Und die Tür war zu. Also kehrte ich unverrichteter Dinge um. Als ich mich dem Tor näherte, öffnete es sich automatisch. Ich beschloss, bis elf Uhr einen Spaziergang zu machen. Für einen Aufenthalt in einem Café war die Zeit zu knapp. Zudem fand ich in dieser Nobelgegend kein entsprechendes Lokal. Als ich wieder vor dem überdimensionalen Eisentor stand, erkannte ich eine kleine Kameralinse an den Seiten des Tores in den aus Sandstein gemauerten Begrenzungen. Das Tor öffnete sich wieder wie von Geisterhand. Auch als ich die Treppe hinaufstieg, weitete sich langsam der Türspalt. Vor mir stand der immer smarte, noch jung aussehende Herr von Gehrstein in einem hellblauen Zweireiher. „Ich habe Sie schon vor dem Tor gesehen. Sie kamen mir bekannt vor, darum habe ich das Tor geöffnet. Unser Büro bleibt heute geschlossen. Ist Ihnen nicht klar, dass heute Sonntag ist?" Er stockte. Und als er weitersprach: „Aber Sie wollten mich persönlich sprechen?" Er hielt wieder inne und eine Röte überflutete unbeherrschbar sein Gesicht. Gleichzeitig begann mein Herz heftig zu schlagen. Ich konnte meine Tränen nicht zurückhalten. Von Gehrstein musste mich erkannt haben. Mit zittriger Stimme sagte ich nur: „Bitte verzeihen Sie mir, dass ich Sie persönlich aufsuche. Bitte lassen Sie uns reden." Der junge Mann ergriff meine Hand und zog mich ins Haus, quer durch einen weiträumigen Salon in einen Raum mit Ledersesseln, Bücher- und Aktenregalen bis zur Decke und einem glitzernden Kronenleuchter in der Mitte. Am hinteren Ende stand ein schwerer, massiver, antiker Schreibtisch mit wenigen Schreibutensilien, die still und unberührt wirkten. Mitten im Raum blieben wir stehen. Ich zog mit einem Ruck meine noch immer umklammerte Hand zurück, nahm meinen ganzen Mut zusammen, sah dem jungen Herrn von Gehrstein direkt in die Augen und sagte: „Sie wissen, worum es geht." Ich bemühte mich, ruhig und langsam zu reden. „Ich spreche von Dunja. Lassen Sie sie wieder los." Aber von Gehrstein reagierte nicht. „Geben Sie mir meine arme Dunja zurück." Ich holte tief Luft: „Sie haben sich genug an ihr erfreut." Ich sah bei meinem jungen Gegenüber immer noch keine Reaktion. „Richten Sie sie nicht unnötig zugrunde." Sein rotes Gesicht wurde schlagartig blass. „Was geschehen ist, ist geschehen", antwortete er unwirsch. Dann fasste er sich wieder. „Es bleibt dir überlassen, mich verantwortlich zu machen, aber glaube ja nicht, dass ich Dunja verlassen kann. Sie ist bei mir glücklich und sie wird es bleiben." Ich zitterte am ganzen Körper, meine Hände ballten sich zu Fäusten. Am liebsten wäre ich dem viel Jüngeren an die Gurgel gesprungen. Aber ich beherrschte mich. Ich konnte dem Widerstand des jungen Herrn von Gehrstein nicht ausweichen. „Sie wird glücklich sein", bekräftigte er noch einmal seinen Standpunkt. „Ich gebe dir mein Ehrenwort. Wozu willst du sie haben? Sie liebt mich. Ihr früheres Leben hat sie hinter sich gelassen." Ich war wie erstarrt. Und er sprach langsam weiter, indem er jedes Wort einzeln betonte: „Weder wirst du noch wird sie vergessen können, was geschehen ist." Das war das Letzte, was ich von ihm gehört habe. Herr von Gehrstein drehte sich um, ließ mich mitten im Raum stehen, ging zum Schreibtisch, nahm etwas aus einer Schublade und schritt entschlossen auf mich zu, schob mir einen Umschlag in eine Manteltasche, öffnete die Bürotür, dann die breite Haustür und ehe ich wusste, wie mir geschah, fand ich mich auf dem Kiesweg vor der Villa wieder. Ich brauchte mehrere

Minuten, um wieder zu Verstand zukommen, mich meiner Situation bewusst zu werden. Ich empfand unbändige Wut. Noch stand ich da, wie abgestellt und nicht abgeholt. Automatisch griff ich in meine Manteltaschen und mit der Linken zog ich den Umschlag heraus. Er war bräunlich und nicht verklebt. Ich öffnete ihn und erkannte sofort die vielen Geldscheine. Langsam und unschlüssig verließ ich den gepflegten Garten, das Tor öffnete sich wieder von selbst und ich bog links ab, in Richtung Innenstadt, aus der ich gekommen war. Erst jetzt bemerkte ich, dass ich immer noch den Briefumschlag in der Hand hielt. Fremde Menschen kamen mir entgegen und einige überholten mich. Ich hatte es nicht eilig. Meine Wut vermischte sich mit Resignation. Am Straßenrand sah ich von weitem eine städtische, blecherne Mülltonne. Als ich sie erreichte, schob ich den Briefumschlag in den dunklen Schlitz. Ohne wirklich anzuhalten ging ich weiter. Das Geld konnte ja nichts dafür, es war der Herr von Gehrstein, der mich wie Dreck, wie einen Aussätzigen, behandelt hatte. Ich drehte mich um. Ein Jugendlicher in einer blauen, weiß gestreiften Trainingsjacke und weißen Turnschuhen hatte sich den Briefumschlag aus dem Mülleimer geangelt, rannte wie nach einem Startschuss die Straße hinab und verschwand in einer öffentlichen Grünanlage. Es machte keinen Sinn, ihm hinterherzulaufen. Dunja war verloren und das Geld war weg. Ich blieb stehen und versuchte, einen klaren Gedanken zu fassen. Ich entschloss mich, erst einmal zurück zum Hotel zu gehen. Trotz allem wollte ich den Gedanken nicht loslassen, wenigstens noch einmal meine Dunja zu sehen. Im Hotel vermied ich, meinen alten Kameraden Thilo zu begegnen. Ich frühstückte in immer anderen Cafés und aß zu Mittag und Abend in verschiedenen Restaurants in der City Hamburgs. Am dritten Tag entschloss ich mich, noch einmal zur Villa zu gehen. Ich wollte unbedingt noch einmal Dunja sehen, bevor ich wieder in den Zug nach Hause stieg. Ich hatte mir fest vorgenommen, mich nicht noch einmal derart abwimmeln zu lassen. Ich erreichte die Villa. Das Tor blieb trotz mehrmaligen Klingelns verschlossen. Aber eine Frauenstimme erklang verzerrt aus einem Lautsprecher, den ich bisher gar nicht gesehen hatte. Die Stimme krächzte, dass der Juniorchef nicht hier sei, hier auch gar nicht wohne und sie auch nicht preisgeben sollte, wo er sich aufhalte. Das Tor blieb verschlossen und ich musste unverrichteter Dinge wieder in die Stadt gehen. Immer und immer wieder klangen in mir die Worte des Herrn von Gehrstein nach, der mir meine Dunja vorenthalten wollte. Ich verstand die Welt nicht mehr und begann auch, mir selbst zu misstrauen, an mir zu zweifeln.

Aber mein Wunsch, Dunja wenigstens noch einmal zu sehen nach dieser langen Zeit, wurde immer intensiver. Mein Zustand grenzte schon an Verzweiflung. Ich blieb also vorläufig in Hamburg und irrte durch die pulsierende Hafenstadt. Keine Ablenkung konnte groß genug sein, mich von meiner Idee abzubringen, meine arme Dunja noch einmal zu sehen. Gegen meine Überzeugung aber unter dem Einfluss einer erbarmungslosen Hoffnung betrat ich eine Kirche, setzte mich wie damals, als ich Dunja in der Heimatkirche vermutete, in die letzte Reihe und betete. Als sich meine Knie bemerkbar machten, stand ich auf und verließ den kirchlichen Raum, ohne mich umzudrehen. Ich war völlig durcheinander und lief ziellos die Straße entlang. Erst, als einige entgegenkommende Passanten mich anrempelten oder mich aus Unachtsamkeit anstießen, wachte ich gleichsam auf und erschrak. Vor mir stand unerwartet ein Wagen, den er kannte, eine englische Limousine. Ich ging um das breite und lange Auto herum und erkannte das Nummernschild wieder. Es konnte sich nur um den Wagen des Herrn von Gehrstein handeln. Im Wagen saß aber ein anderer Fahrer. Höflich fragte ich ihn: „Wissen Sie, wem der Wagen gehört?" Der Fahrer, ein wenig verwundert, antwortete: „Dem Herrn von Gehrstein. Aber warum interessiert Sie das?" „Ach", antwortete ich unschuldig. „Ich soll ihm einen Brief überbringen, aber ich habe vergessen, wo er wohnt." „Sie können mir den Brief geben. Ich werde ihn dem Herrn übergeben, sobald er aus dem Haus kommt." „Das geht leider nicht. Es ist ein Dokument, das ich ihm persönlich überreichen muss. Sie verstehen?" Ich fand meine plötzliche Intuition genial. Und ich fügte sofort hinzu: „Sagen Sie mir doch bitte, wo Herr von Gehrstein wohnt." „Sie stehen genau vor seinem Haus", antwortete der Fahrer kopfschüttelnd. Als ich diese Antwort vernahm, spürte ich bis in die Hände, wie nervös ich schon geworden war. Mein Herz pochte heftiger. Ich wandte mich vom Fahrer und dem Auto ab und begab mich zum Eingang des mit Ornamenten verzierten Jugendstilhauses. Die Eingangstür und die Fenster waren mit hellem Sandstein umfasst. An der linken Seite entdeckte ich die Klingel in einer runden Messingschale, aber einen Namen gab es nicht. Die Tür öffnete sich langsam. Eine kleine alte Dame mit einem rotweißen Trockentuch in der Rechten kam zum Vorschein: „Ja bitte?" fragte sie freundlich. „Wohnt hier die Familie Gehrstein?" „Von Gehrstein. So viel Zeit muss sein", erwiderte die Frau schnippisch. Ich schob die Tür weiter auf, sodass die Frau einen Schritt zurückwich und mir den Weg in den Flur frei machte. Fest entschlossen, mich nicht abwimmeln zu lassen, ging selbstbewusst ins Haus. „Das geht nicht!" rief die Hausdame hinter mir her. „Sie können hier nicht einfach hereinspazieren. Verlassen Sie bitte sofort das Haus!" Ihre Stimme hatte die nächst höhere Oktave erreicht und schien sich zu überschlagen. Ungerührt und unbeeindruckt marschierte ich durch den langen Flur direkt auf eine reichverzierte Holztür zu, stoppte kurz, drückte die Klinke nach unten und öffnete die Tür, ohne anzuklopfen. Der Raum war nicht nur groß, sondern auch die Wände ungewohnt hoch. Am breiten Fenster, das bis zum Boden reichte und den Blick in den Garten freigab, saß nachdenklich der junge Herr von Gehrstein in einem wuchtigen, dunklen Ledersessel. Auf der Armlehne saß Dunja wie eine Reiterin in einem englischen Sattel. Sie war topp-modisch gekleidet. Sie schaute zärtlich auf ihren Mann und schien ihm den Nacken zu kraulen. Ich war erschrocken und gleichzeitig glücklich. So schön hatte ich meine Tochter nicht mal in Erinnerung. Meine Gefühle überwältigten mich. Ich war voller Bewunderung. Die Zeit blieb stehen. Ich stand nur wenige Meter vor ihr und war unfähig, auch nur ein Wort zu sprechen. „Wer ist da?" fragte Dunja mit ihrer wohligen dunklen Stimme, ohne aufzublicken. Ich schwieg immer noch. Da keiner antwortete, hob Dunja den Kopf - und rutschte mit einem Schrei vom Sessel und fiel auf den Teppich. Der erschrockene Ehemann stürzte zu ihr hin, um ihr aufzuhelfen. Dabei musste er mich angeschaut und erkannt haben, dass ihr Vater vor ihm stand. Sein Kopf wurde rot vor Wut. Er fasste mit beiden Händen seine schöne, fast ohnmächtige Frau und hievte sie auf sein Ledersofa, richtete sich abrupt auf und stürmte auf mich zu. Er hob schon die Arme, als wollte er mir an den Hals und schrie: „Was willst du?" Er biss die Zähne aufeinander. „Was fällt dir ein, mich bis hierher zu verfolgen? Willst du mich etwa umbringen? Hinaus, verschwinde! Lass dich hier nie wieder blicken!" Mit aller Kraft packte er meinen Arm, drehte ihn um, sodass ich ihn im Rücken hatte, und packte von hinten meinen Kragen, drückte mich mit unbändiger Kraft durch den Flur bis zum Ausgang und stieß mich mit einem kräftigen Ruck aus dem Haus. Die Tür krachte zu und wackelte noch, als sie sich schon im Schloss befand. Verstört, geistig völlig entrückt und ohne irgendeinen klaren Gedanken fühlte ich nur noch, wie meine Füße weiter liefen. Sie trugen mich zurück zum Hotel.

Wie konnte es auch anders sein: Vor der Rezeption traf ich meinen ehemaligen Freund Thilo. Ich berichtete stotternd von meinem dramatischen Erlebnis. Thilo Schiffer riet mir, Klage gegen diesen Herrn von Gehrstein zu führen. Doch ich wehrte diesen Vorschlag mit einer eindeutigen Handbewegung ab. Schon unterwegs hatte ich diesen Gedanken verworfen und beschlossen, darauf zu verzichten.

Noch weitere zwei Tage hielt ich mich in Hamburg auf, irrte in unbekannten Straßen umher. Ich machte einen weiten Bogen um die Villa und das besagte Wohnhaus. Dann trat ich doch endlich meine Heimreise an und bestieg wieder den Intercity, der bis zu dem Bahnhof fuhr, an dem ich in den Regionalzug umsteigen musste."

Während seiner langen und ausführlichen Erzählung flossen immer wieder Tränen über das Gesicht meines Gastwirtes. Manchmal vergaß er, sie abzuwischen, aber er vergaß nicht, sein Weinbrandglas nachzufüllen.

„Ach", das Ganze ist jetzt schon über drei Jahre her, dass ich Dunja gesehen habe. Drei Jahre lebe ich jetzt schon ohne sie. Nichts habe ich mehr von ihr gehört. Weiß Gott, ob sie noch lebt. Ich glaube, dass es nicht wenigen Mädchen so ergeht, dass sie mit Versprechen und Aussichten auf ein angenehmes Leben in Reichtum ins Verderben gelockt werden. Am Schluss werden sie einfach fallen gelassen, von solchen Taugenichts. In einer Stadt wie Hamburg gibt es viele von diesen dummen Gören, die aufgetakelt bis zum Geht-Nicht-Mehr durch die Einkaufsstraßen stolzieren und irgendwann in der Gosse landen oder hinter dem Bahnhof anschaffen, von Drogen ganz zu schweigen. Wenn ich nur daran denke, dass auch Dunja eines Tages so enden soll, dann, ja dann wünschte ich mir fast schon, sie wäre lieber tot als …"

Er begann wieder zu weinen. Es hatte in meinen Augen keinen Sinn, diesen Mann zu trösten. Er war nicht mehr der agile, lebenslustige und tatkräftige Mann, der seine Gaststätte im Griff hatte. Er war nur noch ein Häuflein Elend. Mein Zimmer kannte ich noch von damals. Die Treppe ächzte nun unter meinen Schritten. Ihr Holz war schon lange nicht mehr gepflegt oder gebohnert worden. Das Bett in meinem Zimmer war zwar gemacht, aber es sah verknittert aus, die Gardine wurde nur noch von wenigen Klammern gehalten. Ich musste erst einmal durchlüften, bevor ich mich hinlegen konnte. An Einschlafen war nicht zu denken. Die aufrührerische Geschichte meines Gastwirtes hatte mich tief beeindruckt. Mir tat Dunja leid. Am nächsten Morgen legte ich mehr Geld als eigentlich nötig auf die Theke. Vom Gastwirt konnte ich mich nicht verabschieden. Er war noch zu betrunken und lag sicherlich unbeweglich in seinem Bett. Ich hatte laut geklopft und nachgeschaut, aber er hat sich nicht gerührt. So trat ich ohne Abschied meine Weiterreise zur Landeshauptstadt an, um meinen Kunden aufzusuchen.

Mit den Jahren wurde die Zeit an sich immer knapper und wertvoller. Die Zugfahrten, so angenehm und entspannend sie auch waren, kosteten doch zu viel Zeit. Umsatz und Geld wurden die neuen Wertmaßstäbe im Alltag. Man sprach nur noch von Konkurrenz und der Ellbogen wurde zur unwidersprochenen Durchsetzungsmethode erhoben. Kurzum, ich nahm nur noch das Auto für den Weg zu meinen Kunden und zu mehr Kunden am Tag. Jahre später fuhr ich mal wieder über die Autobahn, als sich ein Stau andeutete. Ich beschloss, dem angezeigten Stau auszuweichen und über die Landstraße weiter zu fahren. Ich hoffte, so den Stau umfahren zu können. Wie der Zufall es wollte, durchquerte ich einen kleinen Ort, der mir irgendwie bekannt vorkam. Von weitem sah ich auf einem Hügel eine kleine weiße Kirche. Nein, sagte ich mir, das konnte kein Zufall sein. Der Stau war nur eine Ausrede meines Gehirns. Mein Unterbewusstsein steuerte mich in diese Gegend, die ich doch nie vergessen hatte. Ich verließ die neue Umgehungsstraße und bog in das Dorf ein. Schon nach wenigen Minuten erreichte ich den alten Bahnhof. Er sah noch genauso grau aus wie früher. Vielleicht wurde er auch gar nicht mehr benutzt. Vielleicht war es auch das Gefühl, das der Herbst in mir ausgelöst hatte. Es war stürmisch, die gelben, roten und fast braunen Blätter konnten dem Wind schon nicht mehr standhalten. Es war ungemütlich kalt und nass, graue Wolken verdeckten die untergehende Sonne. Sie stand bereits so schräg, dass ich die Sonnenblende im Auto herunter klappte. Ich parkte hinter dem leeren Taxistand auf einem kleinen Parkplatz. Die gelben Telefonhäuschen gab es nicht mehr. Auch standen keine Taxis mehr da. Ich stieg aus und ging wie damals die Straße am Bahnhof entlang in Richtung des damaligen Gasthofes. Ich war erstaunt. Es brannte Licht, die Tür stand einen Spalt offen und ich trat erwartungsvoll ein. Viele Erinnerungen und noch mehr Fragen verknoteten sich in meinem Kopf. Ich schaute direkt zur Theke und dann nach rechts in die Ecke. Zu meiner freudigen Überraschung hingen noch die vier Bilder vom verlorenen Sohn an den Wänden. Aber wo ist der Wirt? Die Tische waren nicht dekoriert, keine Vasen mit Blumen, keine Deckchen, nichts, alle Stühle waren leer. Ich schaute mich um. Wo früher das Klavier stand, befand sich nun eine Garderobe. Ich blieb mitten im Raum stehen. Stille umgab mich. Etwas stimmte hier nicht. Ich rief: „Hallo! Ist da jemand?" Die Tür hinter der Theke, die zur Küche führte, öffnete sich. Eine dicke Frau erschien. Sie wischte sich ihre Hände an der bunten Schürze ab und ließ sie wieder über den runden Bauch fallen. „Sie wünschen?" stöhnte sie. Freundlich oder gar kundenfreundlich klang das nicht, dachte ich spontan. „Eigentlich suche ich den Gastwirt", antwortete ich ausdruckslos. „Mein Mann ist unterwegs. Das kann dauern. Sie müssen schon mit mir Vorlieb nehmen", gab sie ungehalten zurück. Ich überlegte. Während ich noch schwieg und mir vorzustellen versuchte, dass der Gastwirt diese Frau geheiratet habe könnte, verwarf sie sofort jede unnütze Vermutung: „Ach, Sie meinen den alten Wirt. Der ist schon lange tot. Er hat meinem Mann, der ist nämlich ein richtiger Bierbrauer, also Braumeister, also meinem Mann diese Gaststätte verkauft. Die war ja so heruntergekommen. Und Gäste hatte er auch keine mehr. Genau genommen, war er sein bester Gast." Sie betonte das „er" besonders und lächelte hämisch. „Um ehrlich zu sein, das Haus war ein Schnäppchen." Ich fühlte mich wie vor den Kopf geschlagen. Ich rückte den nahe stehenden Stuhl zurecht und setzte mich. „Dann mach´ Ihnen schon mal ein Pils, wenn Sie nichts dagegen haben." Ich hatte nichts dagegen. Ich brauchte dringend einen Schluck. In meinem Kopf liefen mehrere Filme gleichzeitig ab. Ich sah den weinenden Wirt vor mir, dann wieder Dunja und die Erzählungen des verstorbenen Wirtes kamen zum Vorschein. Der alte Wirt ist tot. Ich konnte es nicht begreifen. Die schmuddelige Frau kam mit einem vollen Glas Pils zum Tisch. Der Schaum war schon über den Rand gelaufen und benetzte den Holztisch. Sie drehte sich noch einmal um und holte von der Theke einen Bierdeckel und setzte ihn unter das nasse Glas. „Entschuldigen Sie, wenn ich Sie das frage", wandte ich mich an sie. Wie ist er denn gestorben?" „Genaues weiß ich auch nicht", antwortete sie nachdenklich und setzte sich, ohne mich zu fragen, mir gegenüber auf einen Stuhl mit Armlehnen, der ihre Körperfülle passgenau umgriff. „Aber es muss wohl der Alkohol gewesen sein. Er war ja eigentlich noch zu jung zum, na, Sie wissen schon. Wie man sagte, soll er immer nur von seiner Tochter gesprochen haben. Aber die habe ich nie gesehen. Die Hoffnung stirbt eben zuletzt. Aber sie stirbt." „Wissen Sie denn, wo man ihn begraben hat?" fragte ich direkt. „Soviel ich weiß, neben seiner Frau." Sie kramte ein weißes Papiertaschentuch aus einem Ärmel, schnäuzte sich, schob es zurück in den Ärmel und sagte: „Sie wissen auch nicht, wo seine Frau begraben liegt, nicht wahr?" „Sie sagen es. Ist es weit von hier?" „Eigentlich nicht. Man kann zu Fuß hingehen, ungefähr eine viertel Stunde. Aber es liegt ein wenig versteckt. Sie müssen nämlich wissen: Wir waren damals bei der Beerdigung. Das gehört sich doch, oder?" Ich nickte und schwieg. „Ach, wissen Sie, unser Junge kann es Ihnen doch zeigen, wenn Sie da hin wollen." Und dann schrie sie, ich glaube in Richtung Treppe: „Benjamin, komm mal runter, aber sofort!" Langsam und unwillig kam ein etwa zehnjähriger Junge in Jeans und dunkelblauen Pulli die Treppe hinunter. Noch unterwegs fragte er mürrisch: „Was gibt es?" „Du hast genug an deiner Play-Station gespielt. Zieh dir die Jacke über und geh mit dem Herrn zum Friedhof!" Obwohl der Befehlston eigentlich keinen Widerspruch geduldet hätte, antwortete der Junge patzig: „Ich habe keinen Bock. Außerdem muss ich noch Hausarbeiten machen." „Das kannst du immer noch. Mach an, lass den Herrn nicht so lange warten." Der kleine Widersacher schlenderte bewusst lässig zur Garderobe, zog seine dunkle Steppjacke an und ging zur Tür. Als er sie öffnete, klang Glockengeläut in die Gaststätte, Glockentöne, die mir nicht nur bekannt vorkamen, sondern mir in die Knochen fuhren. „Das sind nur die Glocken von der Kirche oben - zur Abendandacht", erklärte mir die Wirtin, während sie sich erhob und mit einer eindeutigen Kopfbewegung ihrem Sohn anzeigte, dass er sich nicht so „anstellen" sollte. Zusammen mit Benjamin verließ ich die Gaststätte und bedankte mich höflich bei der Frau für ihren Tipp. Der rothaarige Junge schaute mich misstrauisch an. „Na dann kommen Sie mal!" „Vielen Dank, dass du mich führst. Ich bin nämlich nicht von hier", sagte ich, in der Hoffnung, ein Gespräch anzufangen zu können, um die Situation ein wenig zu entspannen. Der Junge schaute mich ungläubig an. „Da geht's lang. Nicht zur Kirche hoch, sondern unten, am Berg vorbei, dahinter ist der Friedhof." Der Wind war kalt und ich knöpfte meinen Mantel zu. „Hast du den Verstorbenen gekannt?" fragte ich den Jungen, dem das nasskalte Herbstwetter nichts auszumachen schien. „Na klar. Der war voll in Ordnung. Wenn wir ihn trafen, also meine Freunde und ich, gab er uns immer Schokolade, diese kleinen Tafeln, die auch immer in der Gaststätte auf der Theke lagen. Wir haben ihn gemocht. Wir haben früher neben ihm gewohnt, als er noch gelebt hat. Er hat uns auch manchmal Spielsachen geschenkt. Aber das waren mehr so Sachen für Mädchen." „Also habt ihr euch gut mit ihm verstanden", bestätigte ich meinen jungen Begleiter. „Na klar, wir waren viel mit ihm zusammen." „Und, was sagen so die Leute, sprechen sie noch von ihm?" Benjamin dachte nach. Wir verließen die gerade, geteerte Straße, die weiter nach oben zur Kirche führte und bogen links in einen schmaleren, aber ausgetretenen Weg, auf dem kein Grashalm mehr eine Chance hatte zu überleben. Die Sträucher zu beiden Seiten wirkten verwildert, ungepflegt. Sie mussten schon zu häufig Tränen gesehen haben. In ihren Blättern rauschte es verdächtig. „Ach", begann Benjamin wieder. „In der Kneipe war nicht mehr viel los. Und als er tot war, kam ja auch keiner mehr. Wer will schon mit Toten etwas zu tun haben. Bis zum letzten Sommer. Da war eine Dame hier, die auch wie Sie nach ihm gefragt hatte. Ich kann mich jetzt wieder genau an sie erinnern." Ich blieb abrupt stehen. Es schoss mir nur ein Gedanke durch den Kopf. War das etwa Dunja? Nein, das konnte sie nicht gewesen sein. „Ist sie auch zu seinem Grab gegangen?" tastete ich mich vorsichtig vor. „Ja. Aber das war so: Sie hat nach dem alten Gastwirt gefragt und ist dann zu seinem Grab gegangen." „Wie sah die Dame aus?" Meine Stimme zitterte. Ich hörte mich atmen. „Sie war wunderschön." Ich schluckte, blieb wieder stehen und schaute dem Jungen direkt in die Augen. „Irgendwie so wie im Fernsehen. Der Wagen, es war ein sehr großer Wagen, ganz schwarz, und er parkte genau vor der Gaststätte, obwohl da Parkverbot ist. Der Fahrer war zuerst ausgestiegen und hatte die Tür aufgemacht. Drei kleine Kinder, jünger als ich, aber auch Jungen, stiegen mit aus. Sie hatten auch einen komischen kleinen Hund dabei, der fast keine Schnauze hatte." „Ein Mops!" erklärte ich. „Ja, ich glaube schon. Sie fragte, wie schon sagte, nach dem alten Gastwirt. Als ich ihr sagte, dass er gestorben sei, fing sie an zu weinen. Ich wollte ihr den Weg zum Grab zeigen, wie jetzt bei Ihnen. Aber sie sagte, sie wüsste, wo das

Grab sei und gab mir einen Zehn-Mark-Schein. Ich sollte bei den Kindern und dem Hund bleiben. Sie sagte, sie kenne ja den Weg. Und dann ging sie zum Friedhof." Langsam gingen wir weiter. Der Friedhof war ein kahler Platz. Es gab weder einen Zaun noch eine Mauer, kein Bäume, kaum Sträucher. Die Gräber waren nicht in einer Reihe oder sonst wie angeordnet, irgendwie durcheinander. Einige Grabsteine standen schräg, andere waren umgefallen. Noch nie habe ich einen solchen traurigen Friedhof gesehen. Benjamin blieb plötzlich stehen. „Hier ist das Grab des alten Wirtes." Er lief noch ein paar Meter weiter und stellte sich auf einen Erdhügel, aus dem noch der Rest eines moosgrünen Sandsteins herausragte. „Und hierher ist die Dame gekommen?" fragte ich. „Ja", antwortete Benjamin. „Ich konnte sie von weitem beobachten. Ich habe alles genau gesehen." „Was hast du gesehen?" „Sie hat hier gelegen", und er zeigte auf den Erdhügel, auf dem er stand. „Hier lag sie und ist lange nicht aufgestanden. Später ist sie zum Pfarrer gegangen. Sie hat mit ihm länger gesprochen. Ich weiß es noch genau: Dann hat sie mir noch einmal zehn Mark gegeben. Sie und die Kinder sind alle ins Auto gestiegen und weggefahren." Benjamin und ich gingen ohne miteinander zu reden zurück bis zur Gaststätte. Auch ich gab ihm zehn Mark und bedankte mich. Ich bedauerte weder die zehn Mark und erst recht nicht diese Fahrt hierher.

Nachtrag

Alexander Sergejewitsch Puschkin

war ein russischer Nationaldichter und Begründer der modernen russischen Literatur. Er lebte, gerechnet nach dem Gregorianischen Kalender von 1799 bis 1837.

Väterlicherseits stammte er aus einem alten Adelsgeschlecht. Mütterlicherseits war sein Urgroßvater Abraham Petrowitsch Hannibal, ursprünglich ein afrikanischer Sklave, der dem Zaren Peter dem Großen geschenkt, dessen Patenkind wurde und später bis zum Generalmajor und Patenkind wurde und später bis zum Generalmajor und Gouverneur von Estland aufstieg. Puschkin verbrachte die Sommer von 1805 bis 1810 üblicherweise bei seiner Großmutter, Maria Alexejewna Hannibal, im Dorf Sacharow bei Swenigorod nahe Moskau. Sechs Jahre verbrachte Puschkin im Lyzeum Zarskoje Selo (das heute seinen Namen trägt), einer Elite-Lehranstalt, die am 19. Oktober 1811 eröffnet worden war. Von dort aus erlebte der Junge auch die Ereignisse des Vaterländischen Krieges gegen Napoleon (1812). Puschkin war in der Rangfolge der besten Internatsschüler der 27. von 30, die vom Kultusminister ausgewählt worden waren.

1817 schloss Puschkin das Lyzeum im Alter von 17 Jahren ab. Anschließend nahm er mit dem Titel eines Kollegiensekretärs eine Stellung im Petersburger Kollegium für Auswärtige Angelegenheiten an. Er wurde zum ständigen Theaterbesucher und Mitglied der Literatur- und Theatergemeinschaft der „Grünen Lampe", die von der Dekabristenbewegung beeinflusst war. Heute würde man ihn als einen Querdenker bezeichnen. Sein kurzes Leben war politisch sehr aufregend. 1824 wurde Puschkin aus dem Staatsdienst entlassen, nachdem er sich in einem Brief wohlwollend über den Atheismus geäußert hatte. Er wurde auf das elterliche Gut Michailowskoje verbannt, wo er unter ständiger Aufsicht der Behörden lebte. Seine Werke wurden vom Zaren persönlich zensiert, sein Werk und sein Lebenswandel stark kontrolliert. Puschkin war unglücklich, da er weder seine dichterischen noch seine privaten Vorstellungen verwirklichen konnte. Puschkin bereitete in seinen Gedichten, Dramen und Erzählungen der Verwendung der Umgangssprache den Weg; er schuf einen erzählerischen Stil, der seitdem untrennbar mit der russischen Literatur verbunden ist und zahlreiche russische Dichter massiv beeinflusste. Den Tod fand Puschkin in einem Duell. (www.wikipedia.org)

Literatur - Hinweise:

Als Vorlage dieser Neufassung, mit dem Versuch, die Novelle „Der Postmeister" von Alexander S. Puschkin in die heutige Zeit (1980er Jahre) zu verlagern und in aktueller Sprache zu verfassen, diente das Buch mit dem Titel:

Romane und Novellen
Herausgegeben von Harald Raab, aus dem Russischen übersetzt von Wolfgang E. Groeger, Arthur Luther, Michael Pfeiffer.
Vertrieb durch Freizeit-Bibliothek, Aufbau-Verlag Berlin und Weimar 1967

Weitere deutsche Übersetzungen finden sich in Online- und anderen Buchhandlungen, die hier nicht alle benannt werden können, aber zur Lektüre empfohlen werden.

Zudem gibt es ausführliche Beschreibungen zu Alexander S. Puschkin im Internet, wie z. B. bei ww.wikipedia.de und weitere.

Weitere Bücher von Dieter Reinecker:

2020, 2021 ... Warum? Wer nicht fragt, bleibt ...
(Wege zur Philosophie)   ISBN: 978-753439976

Und Eva sagte: (Romanhaftes Sachbuch)
Biblische Geschichten für Erwachsene (Mose1-5)
ISBN: 978-3738629118

„Kompanie: Die Augen links" (autobiografischer
Roman),   Vom Rekruten zum Revolutionär
ISBN: 978-3744817257

Rückkehr in die Ewigkeit   (existentialistischer
Roman)   ISBN: 978-3734793097

Wie ich die Dialyse fünf Jahre hinauszögerte ...
(Autobiografie und Sachbuch)
ISBN: 978-3739223476

Lehrbuch erfolgreicher Nachhilfe-Lehrer
aktiv zuhören - verstehen - üben
ISBN: 978-3754327449

Noch ein wichtiger Literatur-Hinweis:
www.beate-reinecker.de
Philosophische Literatur, Essays zur Ethik